Mes années BAC

Les fiches Tle

Philosophie

Dominique Boissier
Professeur de philosophie

bordas

Crédits photographiques : p. 18 © BIS / Ph. DR Coll. Archives Larbor ; p. 26 BIS / Ph. S. Guiley-Lagache © Archives Bordas.

Édition : Laura Pesci
Création maquette : Véronique Lefebvre
Mise en pages : Johanne Fontaine pour IDT

 – ISBN 978-2-04-740233-7

SOMMAIRE

Présentation des épreuves

À revoir
OK

1

1 ÉPREUVE OBLIGATOIRE ÉCRITE

> Durée : 4 heures

a Objectifs

- Les objectifs de l'épreuve de philosophie du baccalauréat sont conformes aux finalités de l'enseignement formulées par le programme de l'enseignement commun de philosophie de la classe de terminale de la voie générale défini dans l'arrêté du 19 juillet 2019 publié au BOEN spécial n°8 du 25 juillet 2019.

Il s'agit d'évaluer l'aptitude du candidat à :
– construire une réflexion dont le programme précise qu'elle n'est jamais séparable des connaissances (notions, auteurs, repères) et des savoir-faire acquis en classe de philosophie ;
– identifier, poser et formuler un problème lié à une ou à plusieurs notions du programme, relativement à une question posée (dissertation) ou à un texte proposé à l'étude (explication de texte) ;
– lire avec attention et expliquer avec précision un texte proposé à l'étude, et susceptible d'être progressivement intégré à un raisonnement et à une réflexion conduits par lui-même ;
– conduire un raisonnement de manière rigoureuse, en analysant et en élaborant les concepts mobilisés, en appréciant la valeur d'un argument et en discutant une thèse de manière pertinente, en rapport avec les notions du programme qu'elle met en jeu ;
– composer avec méthode un travail écrit : poser et formuler un problème, organiser sa réflexion en étapes différenciées en analysant les exemples, les termes ou les formulations qu'elle mobilise, enchaîner logiquement ses idées en établissant une transition entre elles, argumenter sur la base de raisons explicites, proposer et justifier une conclusion.

- Ces aptitudes sont évaluées, non comme des éléments indépendants les uns des autres, mais dans leur ensemble au travers de la démarche de chaque candidat, confronté à une question ou à un texte philosophique singulier.

La clarté et la correction de l'expression sont requises.

b Structure

- Trois énoncés de sujet sont proposés au choix du candidat.

Deux de ces énoncés, dits « sujets de dissertation », sont, chacun, constitués par une question simple qu'il est demandé aux candidats de traiter.

- Les sujets proposés aux candidats tiennent compte des conditions et des exigences formulées par les programmes en vigueur. Ils donnent aux candidats l'occasion de mobiliser la culture philosophique acquise par leur travail, dans le cadre de leur année de terminale sans pour autant exiger des connaissances approfondies, une familiarité avec telle ou telle tradition philosophique.

- Le troisième énoncé de sujet est constitué par un texte d'une longueur raisonnable dont l'auteur figure dans la liste des auteurs au programme, qu'il est demandé au candidat d'expliquer. Le texte se rapporte explicitement à une ou à plusieurs notions du programme.

- Le candidat n'est tenu de connaître, ni la doctrine de l'auteur, ni son œuvre, en totalité ou en partie. Il doit rendre compte d'une compréhension précise du texte et du problème dont il est l'expression ou la solution.

c Évaluation et notation

L'évaluation de la copie du candidat est globale et utilise tout l'éventail des notes de 0 à 20.

2 ÉPREUVE ORALE DE CONTRÔLE

> Durée : 20 minutes

> Temps de préparation : 20 minutes

- L'épreuve consiste en une explication de texte présentée par le candidat, suivie d'un entretien avec l'examinateur.

- Le texte est choisi dans l'œuvre philosophique ayant fait l'objet, au cours de l'année, d'une étude suivie, selon les modalités prévues par le programme.

- Le candidat présente à l'examinateur une note écrite ou dactylographiée visée par le chef d'établissement du lycée d'origine, dans laquelle est indiquée l'œuvre philosophique (titre, auteur, édition) dont l'étude, obligatoire, a été conduite en classe au cours de l'année.

- L'examinateur choisit un extrait de l'œuvre présentée. Cet extrait est d'une longueur raisonnable (20 à 25 lignes au maximum). Le candidat dispose de 20 minutes pour en préparer l'explication. Il présente à l'examinateur un exposé d'une durée maximale de 10 minutes. Un entretien avec l'examinateur d'une durée maximale de 10 minutes permet de compléter et de développer l'explication initiale.

La dissertation

À revoir
OK

2

1 LE JOUR DE L'ÉPREUVE

Comprendre un sujet de dissertation

- Commencer par noter au brouillon toutes les idées qui vous viennent, les références ou les auteurs auxquels il vous fait penser. Avant toute ébauche de construction de thèses, il faut d'abord décortiquer la question posée, car c'est de cette manière que vous trouverez votre problématique et la structure de votre dissertation.

2 QUEL PLAN POUR VOTRE DISSERTATION ?

a Le plan progressif

- Ce type de plan, comme son nom l'indique, se structure en s'appuyant sur une progression ou un approfondissement des thèses. Il s'agit donc ici d'élever votre réflexion en la faisant accéder à une vision universelle.

b Le plan dialectique

- Le second type de plan, sans doute le plus utilisé, est le plan dialectique. Si vous le choisissez, c'est d'abord parce que le sujet implique légitimement et non artificiellement des thèses opposées (si cela ne semble pas possible, privilégiez alors le plan progressif).

3 L'INTRODUCTION DE VOTRE DISSERTATION

a Dégagez une problématique

- La problématique d'un devoir est le fil conducteur qui le traverse de part en part et justifie donc les différentes thèses. C'est l'axe central qui donne à votre devoir sa cohérence. Aussi, la problématique s'apparente-t-elle à un fil d'Ariane qui permet de créer une cohérence dans l'ensemble du devoir, bien que des réponses différentes et opposées y soient apportées.

b La structure de l'introduction

- De même qu'il n'y a pas de type de plan officiel, il n'y a pas de forme imposée pour l'introduction. Cependant, il convient d'éviter une erreur regrettable et facile à éviter qui consiste à contredire la fonction même d'une introduction en apportant dès sa rédaction une réponse à la question posée.

4 STRUCTUREZ VOTRE DISSERTATION

a L'élaboration des parties

- En règle générale, une dissertation de philosophie du baccalauréat est organisée en trois parties. Cette structure, si elle est habituelle, n'est pas obligatoire et votre devoir peut contenir plus (pas moins afin d'éviter une approche schématique ou simpliste d'un sujet du type « pour-contre » ou « oui-non ») de parties (4, voire 5).

b Veillez à soigner vos transitions

- On ne peut passer d'une partie à une autre sans explication : c'est précisément la fonction de la transition de montrer la nécessité de la thèse qui sera défendue dans la partie suivante.

5 COMMENT ILLUSTRER VOTRE ARGUMENTATION ?

a Les exemples

- Une réflexion philosophique doit nécessairement être illustrée par des exemples afin d'être mieux comprise et montrer qu'elle n'est pas une construction intellectuelle sans lien avec la réalité.

b Les citations

- Notons que les citations ne sont pas indispensables et que leur absence dans votre devoir n'est en aucun cas blâmable. Malgré tout, si l'absence de citations n'est pas condamnable, leur présence ne l'est évidemment pas non plus, surtout lorsqu'elles sont pertinentes et bien amenées.

6 CONCLUEZ VOTRE DEVOIR

- Rédiger une conclusion est une étape obligée. Pour que le lecteur-correcteur ait une vision claire, vous pouvez commencer par préciser que vous en arrivez à votre conclusion, rappelez ensuite rapidement votre démarche, c'est-à-dire vos différentes thèses (5-6 lignes maximum). Vous pouvez ensuite achever votre conclusion en « glosant » sur la dernière partie puisque, comme nous l'avons souligné précédemment, elle est celle que vous estimez être la plus décisive et donc la meilleure.

L'explication de texte

À revoir
OK

3

1 LA PRISE DE CONNAISSANCE DU TEXTE

a Comprendre le sens implicite du texte

● Si vous avez décidé d'expliquer le texte, la première étape, et sûrement la plus importante, est sa lecture attentive et répétée. Il convient de « s'imprégner » du texte, si l'on veut éviter les contresens et saisir ce qu'il dévoile en filigrane.

b Identifiez sa structure argumentative

● Votre dernière lecture doit être pratique. Munissez-vous d'un crayon de papier et découpez le texte en identifiant les différentes étapes argumentatives pour faire ressortir sa structure. Pour ce faire, fiez-vous aux passages à la ligne qui constituent les premiers repères faciles à identifier. En leur absence et même leur présence, vous devez continuer votre exploration du texte en identifiant les connecteurs logiques, à savoir les conjonctions (mais, cependant, et, ou, etc.) qui marquent une séparation, alternative, opposition ou des perspectives différentes.

2 LA RÉDACTION DE VOTRE DEVOIR

a La rédaction de l'introduction

● Pour cet exercice, s'il n'y a pas de formes imposées, il y a des exigences qui s'appuient simplement sur le texte lui-même. Vous pouvez commencer votre introduction en indiquant, en une phrase, le thème général du texte, à savoir ce sur quoi il porte et qui correspond, en toute logique, à l'un des thèmes à votre programme. Il peut arriver qu'un texte porte sur deux thèmes ou sur leur relation (ex. la liberté et l'État). Puis, développez ensuite, plus longuement l'idée générale du texte, ou bien lorsque cela est clair, la thèse qu'y soutient l'auteur.

b Les différentes parties de votre explication de texte

● Avant tout, il vous faut comprendre que l'explication d'un texte se distingue radicalement d'une dissertation. En effet, c'est le texte qui importe avant tout et légitime la structure de votre devoir, et non votre approche personnelle comme cela est le cas pour une dissertation. Aussi, organisez votre devoir en fonction du texte lui-même. Si vous avez repéré trois moments dans le texte, votre devoir sera constitué, en toute logique, de trois parties. Pour résumer, cet exercice se présente de la manière suivante : à la suite de l'introduction, laissez quelques lignes, puis débutez l'explication en allant également à la ligne à la fin de chaque moment. Une fois l'explication achevée, vous pouvez commencer la conclusion critique.

● Vous pouvez naturellement citer le texte. Il faut le faire de manière subtile, en intégrant les citations dans l'une de vos phrases pour que celle-ci ne semble pas tomber comme un cheveu sur la soupe. Il ne faut donc pas commencer une phrase par une citation, l'ensemble ressemblerait à une succession de citations et couperait la dynamique, à la fois du texte, et de votre explication. En intégrant des citations dans votre argumentation, vous valoriserez votre explication en la rendant plus vivante.

C La conclusion : une étape cruciale

● On peut commencer par affirmer que si la conclusion d'une dissertation n'est pas essentielle, c'est tout le contraire ici. Elle est l'objet d'une longue réflexion critique sur la thèse défendue par l'auteur. C'est donc le moment où vous allez montrer que vous avez bien compris le texte lui-même dans toute sa portée philosophique et que vous êtes capable de développer une opinion personnelle, critique et argumentée sur sa thèse.

● Vous pouvez aussi, dans cette conclusion, affirmer votre désaccord avec l'auteur, défendre une thèse opposée et montrer ainsi votre indépendance d'esprit. Pour ce faire, nous vous encourageons tout de même à être assez prudent au moins dans la forme. Pour s'opposer à une thèse, il faut d'abord être certain d'en avoir bien compris toutes les subtilités, car n'oubliez jamais que si vous êtes novice en philosophie, le texte que vous étudiez a été écrit par un philosophe dont la pensée a traversé les siècles, qu'il est extrait d'une de ses œuvres, nécessairement riche et complexe.

La conscience

À revoir
OK

4

1 LA CONSCIENCE HUMAINE

- On distingue la conscience spontanée ou directe, premier niveau de conscience, et la conscience réfléchie, qui revient sur elle-même comme un miroir et permet d'évaluer sa conduite. C'est la conscientisation qui permet de passer d'un niveau de conscience à l'autre. La pensée véritable est ainsi toujours consciente d'elle-même, menée par un Je conscient.

- Selon **E. Husserl**, la conscience est par essence « intentionnalité », ouverte à l'infinie variété du monde. Toute conscience correspond ainsi à une manière singulière, personnelle, de saisir la réalité.

- Pour **F. Hegel**, la conscience est ce qui distingue l'homme de l'animal car elle lui permet de poser des valeurs, d'être responsable de sa vie et de son histoire.

> **Citation**
> « Ce qui élève l'homme par rapport à l'animal, c'est la conscience qu'il a d'être un animal. Et du fait qu'il sait qu'il est un animal, il cesse de l'être. » F. Hegel.

- La question de la conscience renvoie à celle de la moralité et de la responsabilité. D'abord, cette conscience morale dépend principalement de règles qui varient selon les époques, les cultures et les sociétés. Pour autant, selon **Aristote**, c'est parce qu'il a une conscience qu'un homme est libre et donc responsable de ses actes. L'irresponsabilité signifie une conscience immature (enfant) ou défaillante (malade mental).

2 L'UNIFICATION DU RÉEL

- Pour **R. Descartes**, l'âme est le siège de notre pensée, ou conscience, à savoir de « ce que nous percevons immédiatement par nous-même » (*Les principes de la philosophie*). La conscience qui doute amène à l'évidence de l'existence d'un *cogito* (je pense). Descartes distingue alors le moi psychologique, individuel et en constante interaction avec le corps, et le moi métaphysique ou transcendantal qui n'est pas lié au corps.

- Dans sa lignée, **E. Kant** affirme l'existence du moi métaphysique, qui transcende les origines individuelles et témoigne d'une capacité universelle à penser, condition nécessaire à toute activité théorique et pratique. Pour **F. Nietzsche** au contraire, « le vrai *cogito* est un *cogito* corporel ».

3 LES CONSÉQUENCES EXISTENTIELLES

- **J. P. Sartre** tire les conséquences des distinctions cartésiennes. Les individus se cachent souvent derrière des excuses sociales, familiales et psychologiques (moi psychologique), préfèrant jouer un rôle social pour ne pas assumer leur liberté de choix (moi transcendantal), leur capacité à changer et à réinventer leur vie. Cette excuse illusoire rassure, mais ne permet pas d'assumer sa propre vie.
- Dans la troisième partie du *Discours de la méthode*, **R. Descartes** illustre, par la métaphore des voyageurs égarés dans une forêt, l'obligation cruciale de prendre une décision tranchée pour survivre dans le monde. L'absolue nécessité du choix (politique, etc.) donne ainsi du sens à notre vie et montre l'impossibilité d'échapper à notre responsabilité fondamentale en se dissimulant derrière des déterminismes sociaux ou familiaux.

Citation

« Est transcendantal dans le sujet ce qui rend possible a priori sa manière d'être au monde. » E. Kant, *Critique de la raison pure.*

4 PRENDRE LA CONSCIENCE DE SOI-MÊME

- Le rapport à autrui forme notre conscience. **F. Hegel**, montre que tout homme souhaite toujours être reconnu comme l'égal de l'autre et non pas simplement objectivé (considéré comme un objet). Ainsi, à des degrés divers, le jugement d'autrui joue un rôle sur la conscience et l'image que nous avons de nous-même.
- Dans *Réflexions sur la question juive*, **J. P. Sartre** explique que l'antisémitisme est « un choix libre et total de soi-même ». La conscience n'est pas seulement un instrument de connaissance, elle permet aux êtres humains d'élever leur humanité ou au contraire de l'abaisser.
- On pourrait croire que la capacité d'introspection (*introspicere*, regarder à l'intérieur) permet à l'homme de se connaître parfaitement. Une telle approche écarte l'ambiguïté fondamentale de nos relations et de nos sentiments puisque notre conscience peut se tromper sur la réelle signification de nos sentiments. Par exemple, les relations familiales montrent que l'on peut facilement passer de l'amour à la haine et inversement.
- De plus, la conscience de soi est toujours rétrospective et ne peut s'observer au moment exact où elle agit ou est troublée par des sentiments, ce qui suppose la reconstruction et la transformation du passé.
- La conscience de soi est toujours en devenir. S'il nous est possible de connaître plus ou moins notre moi d'hier, il est difficile de connaître notre moi actuel qui désire, choisit, s'invente à tout moment un avenir.

5

En perspectives

Auteurs

Descartes, Kant, Nietzsche, Husserl, Sartre, Freud

Notions liées

liberté, devoir, justice, inconscient, temps, bonheur

La conscience

1. L'existence humaine et la culture

- La conscience n'est jamais figée et est toujours ouverte sur le réel.
- Descartes distingue le moi psychologique, lié à notre histoire propre, et le moi métaphysique qui permet de s'ouvrir et de penser le monde.
- Il est difficile d'assumer notre moi métaphysique (ou transcendantal) car il montre notre radicale liberté.
- C'est par le regard de l'autre que je prends conscience de moi-même.

2. La morale et la politique

- C'est parce qu'il a une conscience que l'homme est moralement responsable.
- Si, dans le domaine théorique, on peut en rester au doute, dans l'action, il faut choisir.

3. La connaissance

- Il existe deux degrés de conscience : la conscience spontanée et la conscience réfléchie.
- C'est par la démarche du doute radical que Descartes aboutit à la certitude de la conscience.
- Jamais un individu n'aura une connaissance parfaite de lui-même par sa seule conscience.

Pour réussir le jour J !

Œuvres

- DESCARTES, *Méditations métaphysiques*, 1641.
Comment s'assurer qu'une vérité soit absolument certaine ? Nos sens nous trompent, un bâton dans l'eau paraît brisé, alors que ce n'est pas le cas. Descartes expose, ainsi, le cheminement progressif et spécifique de la pensée, afin de tenter d'accéder à une vérité qui soit certaine. Cette sensation d'un moi métaphysique (ou transcendantal) revêt une portée universelle puisque nous pouvons tous l'éprouver.

- HUSSERL, *La crise des sciences européennes et la phénoménologie transcendantale*, 1954.
Husserl montre clairement dans cet ouvrage que l'intersubjectivité (les relations entre les consciences) est une donnée fondamentale pour l'expérience au monde. En effet, la conscience de soi et du monde ne peut se réaliser sans le rapport aux autres.

Vocabulaire

- **Perception** et **aperception** : la perception est une opération de l'intelligence ou de la pensée qui forme une représentation du monde extérieur. À l'inverse, l'aperception peut être rapprochée de l'acte par lequel un sujet prend conscience de lui-même, de son état intérieur.

- **Âme** et **conscience** : l'âme (du grec *anemos*, souffle) est ce qui anime ou donne vie à un corps. Aristote montre les diverses manifestations plus ou moins complexes de l'âme, ce qui lui permet de les hiérarchiser (sensitive, motrice, intellectuelle) et de hiérarchiser les êtres vivants (végétaux, animaux inférieurs et supérieurs). La conscience peut être rapproché du mot âme. À partir du XVIIe siècle, elle devient une condition nécessaire et préalable de tout savoir (*cogito, ergo sum*).

- **Doute méthodique** et **doute sceptique** : on distingue le doute radical de Descartes et celui de Montaigne : le premier est méthodique et le second sceptique. Le paradoxe est le suivant : si le doute de Descartes est bien radical, puisqu'il remet en cause toute certitude, il n'est qu'une méthode pour fonder un véritable savoir et prend fin avec la certitude du *cogito* (je pense) ; si le doute sceptique de Montaigne n'est pas aussi radical et demeure seulement théorique, il ne prend jamais fin, car il ne trouve aucun critère de certitude pouvant le faire disparaître.

Je me teste sur...

LA CONSCIENCE

1 La conscience est-elle ?

- ▢ a. Un savoir.
- ▢ b. Une expérience.
- ▢ c. Un objet.

2 Le doute cartésien est-il ?

- ▢ a. Psychologique.
- ▢ b. Métaphysique.
- ▢ c. Sceptique.

3 Quelles sont les deux formes d'application de la conscience ?

- ▢ a. Scientifique et littéraire.
- ▢ b. Culturelle et sociale.
- ▢ c. Théorique et pratique.

4 La conscience nous permet de ... :

- ▢ a. supprimer nos émotions.
- ▢ b. faire varier nos manières d'exister.
- ▢ c. accepter notre destin.

5 Lorsque Descartes dit : « *cogito, ergo sum* » (je pense, donc je suis), ce « je » ou moi est-il ?

- ▢ a. Psychologique (ou empirique).
- ▢ b. Métaphysique (ou transcendantal).
- ▢ c. Personnel.

6 La « mauvaise foi » sartrienne est ... :

- ▢ a. un mensonge fait à soi-même.
- ▢ b. un refus de croire.
- ▢ c. un mensonge fait aux autres.

7 Sur le plan pratique, la conscience oblige à ... :

- ▢ a. rester neutre.
- ▢ b. ne rien faire.
- ▢ c. choisir.

8 Les jugements d'autrui nous permettent de ... :

- ▢ a. prendre conscience de nous-même.
- ▢ b. mieux nous aimer.
- ▢ c. réfléchir.

Corrigés au verso

Corrigés

1 > **a.** et **b.** Comme l'étymologie l'indique, la conscience est un savoir sur le monde et sur soi. Toutefois, elle est avant tout une expérience parce qu'elle n'est jamais déterminée ou fixée définitivement comme un objet, mais toujours ouverte à l'infinie variété du monde réel ou imaginaire.

2 > **b.** Le doute que développe Descartes surtout dans ses *Méditations Métaphysiques* n'a rien d'une réaction psychologique. Il est volontaire et radical, puisqu'il décide de remettre en cause sa propre démarche de réflexion et va plus loin que le doute théorique des sceptiques, car il interroge l'existence même de toute réalité et de toute vérité.

3 > **c.** La conscience est d'abord intellectuelle et donc théorique : elle permet de comprendre ou donner du sens au monde et donc à la réalité. Mais elle est aussi, comme le montre remarquablement Hegel, pratique : en agissant et en transformant la réalité, l'homme se transforme lui-même et prend ainsi conscience de ses capacités à déterminer son histoire.

4 > **b.** La conscience n'est pas un état encore moins un objet, mais bel et bien une façon d'être au monde et de toujours pouvoir faire varier indéfiniment notre façon d'être et de nous comporter.

5 > **b.** Ce « je » n'a rien de psychologique. Ce n'est pas Descartes comme individu singulier qui est mis en acte ici mais une conscience capable de dépasser son histoire personnelle pour accéder à une pensée universalisable.

6 > **a.** Cette mauvaise foi répond à une peur ou difficulté à accepter sa liberté transcendantale, celle-ci permettant de modifier son existence en la changeant ou en lui donnant un autre sens. Il est plus facile de se mentir et de se rassurer en refusant d'assumer la responsabilité d'un choix.

7 > **c.** Si, sur le plan de la connaissance, on peut douter de la vérité d'une thèse ou d'une théorie et rester sceptique en suspendant son jugement, dans la pratique, une attitude passive ou dubitative est impossible puisque, décider de ne pas choisir est déjà un choix celui de la passivité, et c'est, selon Descartes, le plus bas degré de la liberté.

8 > **a.** Selon Sartre, les jugements d'autrui déclenchent le processus de prise de conscience de soi. Il ne faut donc pas prendre ces jugements d'emblée comme des vérités ou, à l'inverse, des mensonges, mais avoir la lucidité de les accepter lorsqu'ils sont objectifs et nous permettent de progresser.

L'inconscient

☐ À revoir
☐ OK

6

La question de l'inconscient renvoie à celle de l'identité du sujet et interroge la liberté de penser et d'agir.

1 LES FORMES DE L'INCONSCIENT

- Dans les *Nouveaux Essais sur l'entendement humain*, **G.-W. Leibniz** parle de phénomènes qu'il qualifie d'inconscients. Il s'agit de petites perceptions, qui, bien qu'imperceptibles, nous animent. Ainsi, le bruit de la mer que nous entendons est celui des vagues dans leur globalité, par lequel nous percevons inconsciemment chaque gouttelette d'eau.
- **F. Nietzsche** s'interroge, dans la *Généalogie de la morale*, sur les causes cachées ou non avouées des principes et interdits moraux. Ces derniers proviendraient de la difficulté des faibles à assumer leur désir de puissance, difficulté qui les pousserait à restreindre les désirs des autres en les encadrant par des règles morales.
- **K. Marx**, de son côté, explique que les conditions matérielles façonnent inconsciemment un homme en modelant sa conception du monde, ses relations sociales et morales. La classe sociale dominante impose des représentations sociales et politiques afin de faire inconsciemment accepter des relations de domination à la communauté.

Citation

« Ce n'est donc pas la conscience des hommes qui détermine leur être ; c'est inversement leur être social qui détermine leur conscience. »
Marx, Préface de la *Contribution à la critique de l'économie politique*.

- Enfin, **C. Lévi-Strauss** montre que chaque homme est structuré par un inconscient culturel qui détermine ses comportements et ses sentiments.

2 L'INCONSCIENT FREUDIEN

- Dans *Métapsychologie*, **S. Freud** démontre que son hypothèse de l'inconscient est nécessaire, car elle explique certains phénomènes comme les rêves et les actes manqués ; légitime, car elle permet une meilleure compréhension de l'homme ; et vraie, car l'expérience prouve son existence.
- Le psychisme humain est soumis au principe de plaisir et au principe de réalité. La réalité limite ou empêche la réalisation des plaisirs

recherchés par l'homme. Les pulsions du ça (désirs inconscients) aspirent à des satisfactions qui ne peuvent être obtenues immédiatement, ce qui peut causer des dommages psychiques. Le moi est une instance psychique qui agit comme intermédiaire entre les prétentions du ça et les oppositions qu'il rencontre.

- Les désirs qui ne peuvent se réaliser sont refoulés dans l'inconscient et se manifestent par les rêves, les actes manqués et les névroses.

- Lors du travail de psychanalyse, qui permet de réduire l'écart entre notre identité apparente (conscience) et notre identité réelle (inconscient), le patient effectue un travail d'anamnèse (évocation volontaire du passé) pour faire émerger les exigences du ça. Le thérapeute aide le patient à déjouer la censure du surmoi (interdits moraux intériorisés depuis l'enfance et transmis par les parents), qui peut bloquer l'expression des désirs enfouis.

- La cure psychanalytique doit permettre de se libérer des conflits douloureux et d'atteindre une compréhension plus juste de soi-même et de ses actions. Pour autant, notre inconscient ne cessera jamais de fonctionner. Aussi le travail de maîtrise et d'interprétation du je (sujet) est toujours à renouveler.

Freud
1856-1939

3 CRITIQUES DE L'INCONSCIENT

- À la suite de Freud, **J. Lacan**, dans son *Séminaire*, démontre que l'inconscient est structuré comme un langage. La psychanalyse intervient ainsi sur le patient par la communication, le ça étant comme une parole censurée qu'il faut tenter de retrouver.

- Le philosophe rationaliste **Alain**, dans une perspective morale, considère l'inconscient comme une « tromperie objective » qui enlèverait à l'homme tout contrôle de lui-même, masquant ainsi sa responsabilité d'être pensant. Pour Alain c'est au contraire la raison, la volonté et aussi la lucidité qui expriment notre humanité.

- Dans *L'Être et le Néant*, **J.-P. Sartre** déclare que « l'inconscient est la mauvaise foi chosifiée ». L'inconscient porterait ainsi atteinte à la liberté en expliquant ou en excusant toutes les bonnes et mauvaises actions, comme si notre conscience était le résultat de quelque chose d'extérieur à elle.

7

En perspectives

Auteurs

Leibniz, Freud, Nietzsche, Lacan, Marx, Alain, Lévi-Strauss, Sartre

Notions liées

liberté, conscience, devoir, bonheur, justice, langage

L'inconscient

1. L'existence humaine et la culture

- Il y a un inconscient culturel qui structure nos sentiments et nos comportements (Lévi-Strauss).
- Tout homme doit vivre avec les principes de plaisir et de réalité (Freud).
- La cure analytique vise à l'émancipation par la connaissance de soi (Freud).
- La notion d'inconscient implique une approche antihumaniste de l'homme (Alain).
- L'inconscient serait une expression de la mauvaise foi (Sartre).

2. La morale et la politique

- Les conditions sociales et matérielles inégales conditionnent inconsciemment les conceptions politiques des hommes (Marx).

3. La connaissance

- Certains phénomènes sont imperceptibles, car inconscients et pourtant connus parce qu'assemblés (Leibniz).
- L'hypothèse de l'inconscient psychique est nécessaire, légitime et vraie (Freud).
- L'inconscient se manifeste par les rêves, les actes manqués et les névroses (Freud).
- La psychanalyse permet à l'homme de mieux se connaître (Freud).
- Le langage permet de donner du sens à notre identité et par conséquent à notre inconscient (Lacan).

Pour réussir le jour J !

Œuvres

- Freud, *Introduction à la psychanalyse*, trad. S. Jankélévitch, 1917.
Cet ouvrage explique et approfondit les trois expressions de notre inconscient que sont les rêves, les actes manqués et les névroses.

- Alain, *Éléments de philosophie*, 1916.
Dans le livre 2 de cet ouvrage, Alain réalise une critique de l'inconscient freudien.

- Laplanche J. et Pontalis J-B., *Vocabulaire de la psychanalyse*, 1967.
Connaître les mots utilisés par la psychanalyse permet de mieux comprendre leur signification et les perspectives théoriques qu'ils indiquent.

- Bettelheim B., *La psychanalyse des contes de fées*, 1976.
L'auteur illustre l'importance des contes de fées et plus globalement de l'imaginaire pour la construction psychique de l'enfant.

Vocabulaire

- **Refoulement** : processus visant à occulter une émotion, une pensée, une pulsion inconsciente que l'on ne veut ou peut accepter.

- **Névrose** et **psychose** : deux concepts à ne pas confondre, car bien qu'ils expriment tous les deux des troubles, leurs causes et leurs manifestations ne sont pas identiques.
→ **la névrose** : trouble d'origine psychique qui a pour cause un traumatisme enfantin, elle est l'expression d'un manque, d'une insatisfaction.
→ **la psychose** : elle regroupe plusieurs maladies mentales qui peuvent aller jusqu'à la démence.

- **Libido** : pulsion sexuelle plus ou moins forte selon les individus.

- **Hystérie** : vient du latin *hustera*, qui signifie utérus, jusqu'au début du XXe siècle on pensait que cette névrose était réservée aux femmes.

- **Complexe** : ensemble structuré d'affects, partiellement ou totalement inconscients qui se constitue dès l'enfance (ex. : complexe d'Œdipe).

- **Phobie** : forme de névrose exprimant une peur plus ou moins forte.

- **Interprétation** : interprétation des rêves par exemple pour y identifier le contenu latent ou caché.

L'INCONSCIENT

1 Selon Freud, l'hypothèse de l'inconscient est ... :

- ☐ a. indispensable, scientifique et cohérente.
- ☐ b. contestable, non prouvée et illusoire.
- ☐ c. légitime, nécessaire et vraie.

2 Quels sont les deux principes fondamentaux qui font agir l'homme ?

- ☐ a. Le principe de plaisir.
- ☐ b. Le principe de justice.
- ☐ c. Le principe de réalité.

3 Selon C. Lévi-Strauss, il y a un inconscient ... :

- ☐ a. psychique.
- ☐ b. culturel.
- ☐ c. passionnel.

4 La thérapie ou analyse permet au patient de ... :

- ☐ a. s'échapper de la réalité.
- ☐ b. d'être heureux.
- ☐ c. mieux se connaître.

5 Il y a 3 manifestations du refoulement (des désirs inconscients d'un homme) :

- ☐ a. la raison, la passion et les émotions.
- ☐ b. les rêves, les névroses et les actes manqués.
- ☐ c. la soumission, la haine et la sexualité.

6 Comment Freud désigne-t-il l'ensemble des interdits moraux intériorisés depuis la petite enfance ?

- ☐ a. Le surmoi.
- ☐ b. Le préconscient.
- ☐ c. La libido.

7 La cure va réduire l'écart entre l'inconscient et ... :

- ☐ a. la raison.
- ☐ b. les passions.
- ☐ c. la conscience.

Corrigés au verso

Corrigés

1 > c. Freud a tenu à répondre à ceux qui reprochaient à sa théorie de n'être pas scientifique. Si elle n'est pas une science exacte mais humaine, il montre qu'elle s'appuie sur une démarche justifiée, rigoureuse et qui obtient des résultats. À une époque où le scientisme était encore puissant, il a souligné qu'une science humaniste était possible. La psychanalyse tente, en effet, de mieux comprendre l'homme et de le libérer des obstacles qui l'empêchent d'être lui-même.

2 > a et c. La difficulté est de trouver un équilibre entre ces deux principes pour ne pas vivre malheureux ou résigné. C'est un combat perdu d'avance car l'équilibre n'est jamais trouvé et c'est la raison pour laquelle l'homme peut réussir à accepter ses limites objectives grâce à son inconscient qui les repousse constamment.

3 > b. Lévi-Strauss montre que des structures culturelles déterminent le comportement des hommes et qu'elles influencent leurs pensées. On peut même parler d'inconscient culturel.

4 > c. La psychanalyse ne promet aucun bonheur à bon marché comme le disent certaines publicités qui vantent de simples recettes trompeuses. Le bonheur est une affaire personnelle qu'aucune science ou technique ne pourra jamais engendrer. En revanche, la psychanalyse peut aider à diminuer ses souffrances par une meilleure connaissance de soi sans pour autant en avoir une connaissance parfaite.

5 > b. Ces trois expressions de notre inconscient sont toutes importantes, mais Freud considère le rêve comme la plus essentielle parce qu'elle ne repose sur aucune contrainte extérieure et est donc son expression la plus libre.

6 > a. Ces interdits transmis par les parents sont essentiels car ils préparent un enfant à accepter les interdits sociaux qui s'imposeront nécessairement à lui à un moment ou un autre. Sans ces interdits, l'enfant ne verra aucune limite à ses désirs, imaginera que tout lui est permis et devenu adulte sera malheureux de ne pouvoir tous les assouvir.

7 > c. La cure ou analyse cherche à réduire l'écart entre notre conscience et notre inconscient sans jamais nier cet écart. Il s'agit de mieux connaître notre inconscient car il structure au moins autant notre psychisme que notre conscience. Ces deux instances font l'histoire d'un homme, et grâce à une cure psychanalytique un patient aura une meilleure compréhension de leur relation et donc de lui-même.

Le temps

À revoir
OK

8

1 APPROCHES SCIENTIFIQUES

- Dès la haute Antiquité, l'homme subdivise l'année solaire en unités de temps. Il élabore ensuite des instruments de plus en plus précis (gnomon, sablier, horloge mécanique, puis électrique, etc.) pour mesurer le temps et le maîtriser.
- Selon **I. Newton**, l'univers est conçu tel un mécanisme réglé comme une horloge. Le temps est un absolu qui s'écoule indépendamment des choses, mais sert de référence pour mesurer le mouvement des corps. Il n'appartient ni au monde sensible et matériel, ni à notre esprit. Dans cette conception, le sens du temps est réversible.
- Au XIXe siècle, les expériences de **S. Carnot** sur des machines à vapeur prouvent que la transformation de la chaleur en énergie mécanique est limitée par son irréversibilité, le transfert de chaleur s'effectuant toujours du chaud vers le froid. Ce processus signifie qu'il y a bien ce qu'on appelle une « flèche du temps ».
- Selon la théorie de la relativité restreinte formulée par **A. Einstein**, le temps est relatif. Cela n'a pas d'effets apparents à l'échelle humaine, mais à l'échelle de l'univers, si un événement se déroule à une vitesse proche de celle de la lumière (300 000 km/h), sa durée sera perçue de manière différente selon la position de l'observateur.
- Plus tard, la théorie du chaos, la physique quantique, la physique des particules vont apporter un nouveau regard sur le temps et un renouvellement de sa perception.

Citation

« Le temps absolu, vrai et mathématique, en lui-même et de sa propre nature, coule uniformément sans relation à rien d'extérieur. »
Newton, *Principes mathématiques de philosophie naturelle.*

2 COMMENT VIVONS-NOUS LE TEMPS ?

- Les anthropologues **M. Mauss** et **B. Malinowski** remarquent que les sociétés d'une même époque ne conçoivent pas le temps de la même manière selon leur religion ou leur régime politique.
- Pour le sociologue **É. Durkheim**, il y a un temps social dominant pour chaque époque qui influence chaque individu. À l'inverse, pour

M. Halbwachs, il existe une « multiplicité, [une] diversité et [une] hétérogénéité des temps sociaux ».

- Le temps peut par ailleurs être considéré comme celui de l'activité des hommes. Au XIXe siècle, il est ainsi segmenté par la division du travail, puis au XXe siècle par la consommation.

- Le pédopsychologue **J. Piaget** démontre que la perception de l'écoulement du temps n'est pas immédiate mais requiert un apprentissage. Ainsi, un enfant vit d'abord dans l'immédiateté, puis parviendra progressivement à se projeter dans l'avenir.

- Pour **E. Kant**, le temps est une « idéalité transcendantale ». Chaque homme le perçoit différemment mais il possède un caractère transcendantal car il préexiste à notre expérience, il est la condition subjective de notre rapport au monde.

3 LE TEMPS : UNE SUCCESSION D'INSTANTS ?

- Cité dans la *Physique* d'Aristote, **Zénon de Zélée** montre que notre conception d'un temps découpé en une suite d'instants séparés aboutit à des paradoxes. Dans le paradoxe d'Achille, ce dernier fait la course avec une tortue, à qui il laisse de l'avance. Chaque fois qu'il atteint le lieu déjà franchi par la tortue, cette dernière a elle aussi avancé. Vu sous cet angle théorique, il ne la rattrapera jamais.

- Néanmoins, selon **Aristote**, il ne faut pas confondre le temps découpé en micro-unités et le résultat de l'addition de ces micro-unités, qui correspondrait à la somme totale finie : une minute découpée en secondes reste une minute. Le temps est une donnée objective.

- Selon **H. Bergson**, le temps réel est la durée, « donnée immédiate de la conscience », qui ne se mesure pas mais est éprouvée intuitivement.

- Dans la même perspective, **E. Husserl** montre que c'est l'intentionnalité de notre conscience qui donne vie à la temporalité de nos existences.

4 L'EXISTENCE ET LE TEMPS

- Pour **F. Nietzsche**, certains hommes envient l'animal attaché au « piquet de l'instant », qui ne croule sous le poids ni du passé ni de l'avenir. Le choix de l'oubli peut apparaître comme une condition au bonheur.

- Dans *Être et Temps*, **M. Heidegger** décrit au contraire l'homme comme un *Dasein*, un « être là », qui, par sa conscience de la mort, sait qu'il existe (se tenir hors de soi) dans le temps. L'anticipation de la mort nous permet d'être nous-mêmes, et l'angoisse qu'elle provoque exige d'être à la hauteur de sa liberté et d'être soi.

9

En perspectives

Auteurs

Newton, Einstein, Durkheim, Pascal, Saint Augustin, Kant, Zénon, Aristote, Bergson, Heidegger

Notions liées

science,
conscience,
liberté,
nature

Le temps

1. L'existence humaine et la culture

- La conception du temps varie selon les cultures et les sociétés.
- Le temps est une forme a priori de notre sensibilité qui fait que notre rapport au monde est singulier.
- Le temps ne se mesure pas : il est une durée vécue.
- La mort donne du sens au temps, et par conséquence à notre existence.

2. La morale et la politique

- Le temps social influence les activités des individus.

3. La connaissance

- La mesure du temps varie selon les époques et les moyens techniques.
- Selon les théoriques scientifiques, le temps peut être réversible ou non.
- Avec Einstein, le temps devient relatif à notre perception.
- Notre appréhension évidente du temps en instants successifs aboutit à des paradoxes théoriques qui peuvent, malgré tout, être résolus.

Pour réussir le jour J !

Œuvres

- *Les confessions*, SAINT AUGUSTIN, entre 397 et 401.
À partir d'une réflexion sur le livre de la Genèse, St Augustin tente de définir le temps. Il montre ici toute la subtilité et la profondeur de sa réflexion qui inspira notamment Bergson.

- *De la brièveté de la vie*, SÉNÈQUE, 49 ap. J.-C.
Sénèque se moque des hommes qui se plaignent de la brièveté de la vie et ne s'attachent pas à vivre une vie de qualité.

Sénèque
~4 av. J.-C.-65 ap. J.-C.

Vocabulaire

- **Distension** : cette expression, utilisée par St Augustin, exprime l'idée que c'est notre conscience qui fait le trait d'union entre les différents moments. Il y a donc étirement ou allongement des moments par la conscience qui les transforme ainsi en temps.
- **La durée** : Bergson insiste sur le fait que le temps véritable est la durée parce qu'elle est vécue et ne peut être assimilée à un déplacement dans l'espace.
- **La finitude** : Kant démontre que l'homme ne peut connaître l'au-delà du réel, à savoir l'infini ou l'absolu. La finitude est donc l'indépassable, ce que l'homme peut penser ou imaginer, mais non éprouver. Sartre renvoie même l'homme à la seule contingence de son existence.

Je me teste sur...

LE TEMPS

1 Selon le sociologue Émile Durkheim, il y a un temps ... :

- ☐ **a.** social.
- ☐ **b.** perdu.
- ☐ **c.** indescriptible.

2 Pour Piaget, que suppose la perception du temps ?

- ☐ **a.** Une culture.
- ☐ **b.** De l'intelligence.
- ☐ **c.** Un apprentissage.

3 À quoi sert une montre selon Pascal ?

- ☐ **a.** Unifier les différents temps vécus.
- ☐ **b.** Organiser ses activités.
- ☐ **c.** Programmer l'avenir.

4 Le découpage du temps en instants aboutit selon Zénon à ... :

- ☐ **a.** des paradoxes.
- ☐ **b.** des illusions.
- ☐ **c.** mieux le comprendre.

5 L'erreur classique selon Bergson est de confondre le temps et ... :

- ☐ **a.** la mort.
- ☐ **b.** l'espace.
- ☐ **c.** la nature.

6 Pour Bergson, à quoi le temps réel est-il réductible ?

- ☐ **a.** Un cycle naturel.
- ☐ **b.** Un artifice humain.
- ☐ **c.** Une durée.

7 Selon Heidegger, le temps est ... :

- ☐ **a.** imprévisible.
- ☐ **b.** du plaisir.
- ☐ **c.** achevé.

Corrigés au verso

Corrigés

1 > **a.** Dans le domaine privé, il y a un temps personnel, mais qui est lié étroitement au temps social, c'est-à-dire à celui que nous vivons en société par nos diverses activités (travail, études, etc.).

2 > **c.** Piaget montre que le temps ne relève pas d'une conception théorique ni même d'une perception immédiate, mais qu'elle se fait progressivement grâce à un apprentissage par lequel le bébé, puis l'enfant commence à donner du sens à son rapport au monde.

3 > **a.** La montre est un critère objectif permettant de dépasser la simple sensation du temps qui passe. Pascal se moque ainsi de ceux qui discutent sans fin de la durée d'une activité quelconque en s'appuyant sur leur seule sensation car pour lui, seule une horloge peut indiquer objectivement combien de temps celle-ci a duré précisément.

4 > **a.** Lorsqu'on découpe le temps en instants successifs, on aboutit à des paradoxes insurmontables selon Zénon notamment celui du mouvement. Si vous tirez une flèche vers une cible, cette flèche devra nécessairement faire la moitié de la distance, puis la moitié de cette moitié (un quart) et cela indéfiniment puisque vous pourrez toujours diviser en deux la distance restant à parcourir. Ce faisant, vous n'arriverez jamais à atteindre la cible. Aristote montre qu'aborder le temps comme s'il était une simple addition d'instants ne permet pas de le comprendre.

5 > **b.** Bergson reproche aux sciences de confondre le temps passé dans un espace parcouru car ce faisant, on compare le temps à une sorte de ligne toujours identique. On assimile le temps à l'espace parcouru. Or, le temps n'a rien d'objectif et sera vécu différemment par chacun. Ce n'est donc qu'artificiellement qu'on l'associe à une ligne délimitée précisément.

6 > **c.** Le temps des horloges n'est qu'une convention arbitraire permettant des relations communes mais n'est pas le véritable temps qui, lui, est vécu différemment par chacun d'entre nous.

7 > **a.** Selon Heidegger, grâce à sa conscience, l'homme est le seul être capable de s'arracher au monde, à la réalité et donc capable de ne pas vivre dans l'instant comme un animal. Il peut penser à ce qui n'est plus et ce qui n'est pas encore et reste de l'ordre de l'imprévisible. Si la mort est notre horizon temporel, elle est présente surtout comme un possible imprévisible donnant du sens à notre existence.

Le langage

À revoir
OK

10

1 LA SCIENCE DU LANGAGE

● Depuis **F. de Saussure**, la langue est abordée comme un système dont on analyse les relations. Le langage devient un fait social, il est ce patrimoine commun qui introduit d'emblée l'expression intime dans un monde de sociabilité.

● D'après la linguistique moderne, le langage est systématiquement structuré selon une double articulation :
– le monème, c'est-à-dire l'unité minimale de sens (« travaillons » est constitué de « travail », désignant l'action, et de « -ons », désignant les acteurs) ;
– et le phonème, c'est-à-dire l'unité minimale de son.

2 LA CONVENTION DU LANGAGE

● Dans son dialogue *Cratyle*, **Platon** montre que les mots sont des conventions pour désigner ou identifier les ressemblances ou dissemblances entre les phénomènes, et ce faisant généraliser des propriétés mettant en ordre la réalité. La désignation langagière est ainsi le premier stade de l'objectivité pour un enfant.

● Pour **É. Benveniste**, le langage n'est pas naturel car les animaux en sont dépourvus. Par exemple, les abeilles émettent des signaux visant à une action, ce signal étant un élément du monde physique, tout comme l'action qu'il annonce. Le langage, au contraire, peut se faire métalangage, objet d'analyse en ce qu'il exprime une pensée complexe.

3 LE LANGAGE : UNE TRADUCTION DE LA PENSÉE ?

● Selon **H. Bergson**, il y a un ineffable, objet d'intuition, que les mots déforment. En ce sens, si les mots ne sont pas toujours fidèles à nos pensées, ils le sont encore moins à nos émotions.

● Pour **G. W. Leibniz**, le langage est un obstacle à la recherche de la vérité, car les mots ou expressions utilisés sont souvent inappropriés ou non conformes à la rigueur grammaticale. Pour y remédier, il imagine un langage logico-mathématique. Le langage informatique en est l'apogée, mais il ne remplace pas le langage ordinaire, car il fonctionne sans référence individuelle.

- La transparence totale du langage peut être source de violence. Ainsi, pour **La Rochefoucauld**, « le malentendu est la condition de la sociabilité ». C'est par ailleurs tout l'art de la diplomatie que de savoir dire les choses sans vexer son interlocuteur afin d'éviter les conflits.

- Le sens mystérieux, équivoque, incertain des mots constitue une condition à l'inventivité, une matière pour la littérature ou la poésie. La capacité infinie de l'homme à utiliser des symboles pour penser le monde, à créer de nouveaux mots ou expressions, exprime sa liberté, tandis que l'imperfection du langage oblige à préciser ses pensées et à mieux décrire ses émotions.

- Le langage est également la condition du surgissement de la pensée. Ce faisant, il la fait accéder à la conscience et devenir objet de réflexion. Ainsi, pour **Hegel**, « c'est dans les mots que nous pensons ».

Citations

« Nous échouons à traduire entièrement ce que notre âme ressent. » H. Bergson, *Essai sur les données immédiates de la pensée*.

« Il faut ramener le désordre rhétorique de la parole usuelle aux signes communs de la rigueur logique » G. W. Leibniz, *Nouveaux essais sur l'entendement humain*.

4 LA RHÉTORIQUE

- Le langage est aussi ce par quoi nous subissons ou exerçons le pouvoir sur autrui. **Platon** excluait ainsi la rhétorique dans l'organisation de la vie morale et politique, considérant que seule la vérité suffit à convaincre. Observant les sophistes, il constate que la rhétorique cherche à se confondre avec la vérité pour abuser l'interlocuteur ou le peuple.

Mot-clé

La **rhétorique** (du grec *rhêtorikê tekhnê*, technique, art oratoire) se caractérise comme étant l'art de l'éloquence, de bien parler, de persuader en usant avec subtilité du langage.

- Le dialogue socratique, au contraire, ne vise pas à la détention de la vérité mais à sa recherche. L'art de la maïeutique (art d'accoucher les esprits) implique ainsi une position neutre de l'interlocuteur. La contradiction ou l'impasse (aporie) issue du dialogue amène au doute, préférable à une certitude personnelle non fondée.

- Pour autant, la rhétorique peut aussi être l'alliée de la philosophie si l'acte de parler avec éloquence permet de dire la vérité. Elle peut devenir bonne ou mauvaise selon les intentions du locuteur et la lucidité de l'interlocuteur.

En perspectives

Le langage

Auteurs

Saussure, Platon, Benveniste, Hegel, Bergson, Montaigne

Notions liées

vérité, raison, art, liberté

1. L'existence humaine et la culture

- Le langage est un fait social et provient d'une convention humaine.
- Le langage est impuissant à traduire la complexité de notre intériorité.
- L'imperfection du langage est aussi ce qui fait sa richesse.
- Il ne peut y avoir de pensée sans langage.
- La manière dont nous exprimons notre pensée est intimement liée à la qualité de notre langage.

2. La morale et la politique

- Les sophistes utilisent le langage pour dominer et asseoir un certain pouvoir.
- La rhétorique peut être utilisée à bon escient : la maïeutique socratique permet de prendre conscience de l'inconsistance de certaines théories.

3. La connaissance

- L'étude du langage peut être scientifique et il peut être étudié comme un système puisqu'il est structuré à partir de monèmes et de phonèmes.
- Les animaux émettent des signaux qui permettent d'établir une adéquation naturelle entre l'objet et le son : ils communiquent seulement.
- Les dialogues socratiques ne cherchent pas à persuader ni à dominer, mais uniquement à l'émergence de connaissances pour la recherche de la vérité.

Pour réussir le jour J !

Œuvres

- Platon, *Cratyle*, entre le Ve et le IVe av. J.-C.
En s'interrogeant sur l'origine naturelle ou conventionnelle du langage, Platon se demande si les noms n'expriment pas la nature même des choses, à savoir les Idées ou formes intelligibles qui sont les modèles des objets sensibles.

- Saussure, *Cours de linguistique générale*, 1916.
Cet ouvrage a été écrit grâce à la prise de notes de ses étudiants. Il est fondateur si l'on veut comprendre l'origine de la linguistique et les problèmes qu'elle soulève.

- Orwell, *1984*, 1949.
Ce roman est célèbre pour avoir exposé la manière dont un régime totalitaire peut asseoir son pouvoir en mettant au point une autre langue, dont la particularité est de faire en sorte que tous les citoyens de ce régime détournent leurs regards de la réalité.

Vocabulaire

- **Signe** et **signal** : si un signe peut concerner plusieurs domaines, en linguistique on précise qu'il est arbitraire et conventionnel. Le signal, quant à lui, ne possède pas ces deux caractéristiques puisqu'il n'évoque rien mais implique simplement un comportement prédéterminé.

- **Signifié** et **signifiant** : le signifié d'un mot est sa signification, mais aussi le concept auquel il renvoie. Le signifiant est le son ou plus précisément l'image acoustique du même mot.

- **Ineffable** : si Jankélévitch distingue l'ineffable de l'indicible, Bergson, exprime l'idée que l'ineffable est ce que le langage ne peut exprimer, parce qu'il est toujours trop général.

LE LANGAGE

1 L'approche linguistique du langage est ... :

- ▢ **a.** diachronique.
- ▢ **b.** synthétique.
- ▢ **c.** synchronique.

2 Pour communiquer, les abeilles émettent des ... :

- ▢ **a.** signes.
- ▢ **b.** bruits.
- ▢ **c.** signaux.

3 Selon Bergson, le langage exprime mal notre ... :

- ▢ **a.** vie intérieure.
- ▢ **b.** raison.
- ▢ **c.** intimité.

4 Qui a affirmé « c'est dans les mots que nous pensons » ?

- ▢ **a.** Bergson.
- ▢ **b.** Chomsky.
- ▢ **c.** Hegel.

5 Pour Platon, la rhétorique est ouvrière de ... :

- ▢ **a.** conviction.
- ▢ **b.** persuasion.
- ▢ **c.** soumission.

6 Que signifie le verbe « persuader » ?

- ▢ **a.** Appeler la raison.
- ▢ **b.** Toucher la sensibilité.
- ▢ **c.** Traverser de part en part.

7 En voulant définir les grands principes, le dialogue socratique est ... :

- ▢ **a.** une interrogation d'essence.
- ▢ **b.** une démonstration approfondie.
- ▢ **c.** une vaine recherche.

8 La rhétorique est l'art de ... :

- ▢ **a.** de mentir.
- ▢ **b.** de tromper.
- ▢ **c.** de bien parler.

Corrigés au verso

Corrigés

1 > **c.** Il ne s'agit plus pour Saussure, fondateur de la linguistique moderne, de chercher l'origine du langage mais de l'étudier tel qu'il est dans sa structure ou organisation actuelle

2 > **c.** Les abeilles n'émettent que des signaux ayant une seule signification devant entrainer un comportement déterminé.

3 > **a.** Pour Bergson, notre vie intérieure est singulière et complexe. Le langage l'appauvrit pour la rendre compréhensible par les autres.

4 > **c.** Hegel montre ainsi qu'on ne peut jamais séparer la pensée et le langage, puisqu'une pensée est d'emblée un langage mis en forme.

5 > **b.** La rhétorique vise en effet à persuader un interlocuteur et pas seulement à partager des idées ou encore expliquer une idée.

6 > **c.** Lorsqu'il est persuadé, l'interlocuteur est complètement séduit et touché par les mots sans avoir conscience de la manipulation qu'il subit.

7 > **a.** Le dialogue socratique vise toujours à chercher la nature ou essence universelle de choses, des pensées particulières pour mieux les comprendre et parfois montrer leur vanité

8 > **c.** C'est en effet un art qui s'apprend et permet de mieux faire passer ses idées. La rhétorique suppose une technique qui n'est pas en soi négative à partir du moment où l'interlocuteur n'est pas dupe.

Le travail

À revoir
OK

12

1 L'HOMME SE DISTINGUE DE L'ANIMAL

- La capacité de l'homme à se représenter une finalité (un plan de maison) et à organiser ses actions d'après celle-ci distingue le travail humain des réactions instinctives des animaux.
- L'homme anticipe ce qu'il va faire, peut modifier et imaginer des projets à l'infini. Parce qu'il est une activité consciente, le travail repose sur un savoir-faire qui peut être transmis, changé, amélioré.

2 L'HOMME CONSTRUIT SON HUMANITÉ

- Notre conception morale du travail puise sa source dans la culture judéo-chrétienne. Selon la *Genèse*, en goûtant au fruit défendu de la connaissance, Adam et Ève provoquent la malédiction divine et l'apparition du travail comme une condamnation.
- Selon **Hegel**, le travail est un moyen de libération. Grâce à son travail, l'homme se libère de sa servitude en produisant des œuvres (maisons, institutions politiques, livres, etc.). Il ne subit plus passivement la nature et fait son histoire.

À savoir

Selon la **dialectique du maître et de l'esclave**, la mort distingue d'abord ceux qui, la craignant, choisissent de se soumettre à la force naturelle et ceux qui sont prêts à perdre leur vie. Le travail auquel est soumis l'esclave renverse ce premier rapport. En satisfaisant les attentes de son maître, l'esclave se transforme et prend conscience de ses capacités. Ainsi, le devenir historique a pour agent véritable l'esclave travailleur et non le maître guerrier. Par son travail, l'homme se libère de sa servitude.

3 L'ALIÉNATION DES TRAVAILLEURS

- En distinguant la valeur d'usage (utilité d'un bien) et la valeur d'échange, **Aristote** montre la nécessité de l'argent pour les échanges de produits d'inégales valeurs. La chrématistique (art d'acquérir des richesses) est un simple moyen pour acquérir des choses utiles à notre survie (économie domestique) et non comme une fin en soi ou source de profit. L'argent devenu fin en soi réduit la liberté des individus, qui en deviennent dépendants, et pervertit les relations sociales.

- **K. Marx** va montrer que l'exploitation de l'homme pour le profit d'un autre et l'organisation technique du travail aliènent le travailleur. La division du travail a pour effet d'engendrer un homme inutile à lui-même qui se voit dans l'obligation de vendre ses capacités.

Mot-clé

L'**aliénation** correspond au fait de perdre ou de céder un droit ou un bien naturel. Dans ce cas précis, l'aliénation concerne les travailleurs privés des bénéfices de leur force de travail. Le temps passé à travailler est soustrait au temps consacré à la culture, au rêve, à la critique de la société et de ses injustices.

4 TRAVAIL ET LOISIR, DEUX IDÉOLOGIES ?

- Pour **F. Nietzsche**, le lien entre le travail et l'argent conduit les hommes à travailler sans limite pour gagner plus sans s'interroger sur la finalité de leur vie. Derrière la morale des sociétés marchandes se cache une peur de l'individuel et de l'indépendance des hommes, car en imposant des contraintes, le travail socialisé est « la meilleure des polices ».

Citations

« La plus laborieuse des époques, la nôtre, ne sait pas quoi faire de son labeur et de son argent, si ce n'est toujours plus d'argent, toujours plus de labeur. » F. Nietzsche, *Le Gai Savoir*.

- Le stoïcien **Sénèque** faisait déjà en son temps (Ier siècle av. J.-C.) l'éloge de la sagesse des *otiosi* vivant à l'écart des *occupati* absorbés par les affaires publiques, afin de penser et de travailler sans aucune contrainte, produisant, créant ce qu'ils désirent et connaissant la valeur relative des biens matériels.
- Pour le sociologue **H. Marcuse**, la société du XXe siècle a façonné de « nouvelles formes de contrôle des individus ». L'intégration sociale ne se résume plus seulement au travail, elle s'effectue également via les loisirs et désirs des consommateurs.

5 REVALORISER LE TRAVAIL

- Le travail permet à un individu d'être reconnu socialement. L'exercice d'un métier a permis aux femmes de ne plus être réduites à la seule fonction de mère, d'acquérir des droits sociaux et politiques.
- **B. de Jouvenel** a démontré que la véritable raison du rejet du travail est sa réduction à sa rentabilité. En enlevant tout plaisir celui-ci est alors associé au loisir. Il faut donc changer le rapport de l'homme au travail en l'organisant de telle façon que l'épanouissement de soi et le plaisir y trouvent une place essentielle.

13 En perspectives

Auteurs

Aristote, Sénèque, Marx, Nietzsche, Hegel, Marcuse, Jouvenel

Notions liées

liberté, technique, conscience, bonheur

Le travail

1. L'existence humaine et la culture

- Le travail est spécifique à l'homme, car contrairement à un animal guidé par son instinct, celui-ci possède la capacité de s'interroger sur son travail et d'ajuster son savoir-faire en fonction de son expérience (Aristote).
- Le travail libère l'homme de son état de nature.
- Le travail devient aliénant, lorsqu'il sert une classe sociale supérieure dont le but est de faire du profit aux dépens des travailleurs (Marx).
- On peut revaloriser le travail en le réconciliant avec la notion de plaisir (Jouvenel).

2. La morale et la politique

- Les hommes construisent et élèvent leur humanité en produisant des œuvres, sources de leur travail.
- Le travail devient moral, lorsque la rémunération pour celui-ci ne sert que les besoins vitaux des hommes.
- À l'inverse, « l'art d'acquérir des richesses » uniquement pour le plaisir de posséder de l'argent et des biens est immoral.
- Le travail socialisé montre une peur de l'individuel et de l'indépendance des hommes.

3. La connaissance

- La connaissance de l'histoire de l'humanité nous aide à comprendre l'évolution du travail et de ses conceptions. On peut d'ailleurs noter à ce propos que, comme nous l'avons vu dans la présentation, ces conceptions ont toujours été liées à la valeur que l'on a pu donner à la vie des hommes.

Pour réussir le jour J !

Œuvres

- Lafargue, *Le droit à la paresse*, 1883.

Dans ce petit livre, le gendre de Marx y développe une critique acerbe, non seulement du travail, mais également des travailleurs amoureux d'un travail qui use leur corps et abîme leur esprit.

- Chaplin, *Les temps modernes*, 1936.

Ce film fortement inspiré d'un film de René Clair illustre jusqu'à l'absurde les méthodes et l'organisation du travail des sociétés modernes. Vous pouvez naturellement y faire référence car c'est, comme toute grande œuvre, devenu un classique.

Vocabulaire

- **Aliénation** : l'étymologie (*alienus*, autre que soi ou étranger à soi) suppose une séparation ou une rupture. Ce terme fut d'abord utilisé en droit, il indique, en effet, une vente ou cession d'un bien ou d'un droit. Il est aussi utilisé en psychiatrie pour caractériser une personne malade mentalement.

- **Loisir** : pour les Grecs et les Romains, ce terme (du latin *licere*, permettre) ne signifiait pas l'absence de travail, n'était pas lié aux vacances (vacuité, vide), mais à l'activité d'un homme travaillant librement, sans aucune contrainte extérieure. Il s'agissait d'une activité réservée à une élite.

- **Œuvre** : ce concept désigne la fin d'une activité, même si elle est à l'origine du mot ouvrier. On parle d'œuvre, lorsque le travail n'est pas morcelé, mais effectué du début jusqu'à la fin de la fabrication de l'objet. La parcellarisation des tâches a presque fait disparaître les œuvres, les ouvriers devenant des techniciens. Peut-être n'y a-t-il plus que les artisans qui font encore des œuvres.

- **Métier** : un métier suppose une formation assez longue qui permet d'acquérir une compétence notamment technique pouvant se transmettre et se parfaire. On peut en ce sens le distinguer d'un emploi interchangeable qui ne demande qu'une petite expérience.

Je me teste sur...

LE TRAVAIL

1 Les activités animales sont ... :

- ▢ a. méthodiques.
- ▢ b. conscientes.
- ▢ c. instinctives.

2 Par son travail, l'esclave ... :

- ▢ a. se transforme.
- ▢ b. se libère.
- ▢ c. s'humilie.

3 En produisant des œuvres, l'homme réalise ... :

- ▢ a. son bonheur.
- ▢ b. son histoire.
- ▢ c. son rêve.

4 Selon Aristote, il y a une bonne et une mauvaise ... :

- ▢ a. production.
- ▢ b. économie.
- ▢ c. chrématistique.

5 Qui a théorisé l'exploitation de l'homme par l'homme ?

- ▢ a. Hegel.
- ▢ b. Marx.
- ▢ c. Nietzsche.

6 Selon Nietzsche, le travail dans nos sociétés est ... :

- ▢ a. utile.
- ▢ b. libérateur.
- ▢ c. la meilleure des polices.

7 Selon Jouvenel, pour quelle raison faut-il travailler ?

- ▢ a. Pour gagner plus.
- ▢ b. Pour avoir plus de loisirs.
- ▢ c. Pour mieux vivre.

Corrigés au verso

Corrigés

1 > c. On ne peut confondre l'activité instinctive des animaux avec le travail volontaire et conscient des hommes. Si en apparence c'est la même activité, il faut noter que les animaux font depuis des millénaires la même chose sans améliorer leurs procédés simplement parce qu'ils n'ont pas conscience de ce qu'ils font. Ils répètent donc nécessairement les mêmes gestes instinctifs.

2 > a. et b. Hegel a montré en quel sens l'esclave transforme la réalité par son travail contraint et se transforme lui-même car ce travail l'oblige à réfléchir, à inventer, plus globalement à donner une forme personnelle à la réalité, à la nature.

3 > b. Lorsqu'il transforme la réalité, l'homme réalise une idée qui lui est propre et qui va porter sa marque. Que ce soit par une constitution politique, une découverte scientifique ou une prouesse technique, l'homme ne subit plus le cycle naturel mais lui impose sa marque en l'orientant volontairement. Il fait donc son histoire.

4 > c. La mauvaise chrématistique consiste à vouloir acquérir des biens sans limite aucune, c'est-à-dire pour en faire un commerce lucratif et donc pour s'enrichir. Ce faisant, on devient sans le savoir dépendant de l'argent et on perd sa vie à vouloir la gagner. La bonne chrématistique reste au contraire proche des besoins naturels et utilise l'argent simplement pour vivre heureux sans dépendre des autres.

5 > b. Marx a montré que lorsque l'artisan et le paysan ne peuvent plus vivre de leurs propres forces de travail à cause d'un système dominé par quelques-uns, ce système les appauvrit pour ensuite les faire disparaître en les rendant inutiles à eux-mêmes. Ils deviennent alors des prolétaires travaillant au service d'une minorité d'hommes qui les exploite pour s'enrichir.

6 > c. Le travail organisé suppose des horaires fixes, des comportements similaires, l'acceptation de la hiérarchie, tout cela engendrant un ordre social, voire une paix civile. En ce sens, le travail est certainement plus efficace qu'une police.

7 > c. L'homme ne pourra jamais vivre sans travailler à construire un monde à sa mesure. Pour que son travail soit vécu comme épanouissant, il faut l'organiser de telle façon que son travail soit pour lui l'occasion de parfaire son humanité en développant ses capacités.

La technique

À revoir
OK

14

Pour appréhender la notion de technique, il convient d'en comprendre la portée morale, ontologique et métaphysique.

1 LA TECHNIQUE, LA SCIENCE ET L'ARTISANAT

- La technique est une activité méthodique visant à la fabrication et à l'entretien d'objets matériels. Elle est liée à la fois à la connaissance (théorie), car elle implique une représentation préalable d'opérations à effectuer pour obtenir un effet, et à l'action (production), soumise à un principe d'efficacité économique et de rendement, qui ne doit pas être confondu avec un savoir pur comme les mathématiques par exemple.

- L'artisanat est empirique et implique un savoir-faire qui peut se transmettre de génération en génération. C'est d'ailleurs ce qui distingue en partie l'artisanat du bricolage car, comme le met en lumière **C. Lévi-Strauss**, le bricoleur n'a pas de véritable méthode mais se « débrouille » avec les outils qu'il a.

2 LA RATIONALITÉ TECHNIQUE

- La rationalité technique ne se préoccupe pas de la finalité bonne ou mauvaise d'un outil. Cela n'empêche pas les hommes de s'interroger et de contrôler le bien-fondé moral de l'usage des techniques. S'ils pensent le contraire, c'est qu'ils se laissent abuser par l'outil.

- Un outil est caractérisé par sa permanence : il est fabriqué pour remplir une certaine fonction et peut être utilisé plusieurs fois. Sa fabrication suppose que l'homme soit capable d'anticiper la fin recherchée et de différer la satisfaction de ses besoins immédiats.

3 LA TECHNIQUE TRANSFORME L'HOMME

- Dans *Sociologie et Anthropologie*, **M. Mauss** consacre un chapitre aux techniques du corps pour parler de nos gestes quotidiens assignés à un but, notre corps étant considéré comme un instrument pour agir sur le monde.

- La technique conditionne nos comportements, nos attitudes, nos habitudes, notre façon d'habiter l'espace. La télévision, les ordinateurs et les téléphones portables ont par exemple bouleversé nos relations, notre manière d'évaluer les distances et l'intimité.

- Selon **G. Tarde**, dans *Les Lois de l'imitation*, la technique a tendance à neutraliser et à uniformiser nos comportements, notre manière de penser. La langue notamment, s'appauvrit de plus en plus, ce qui a en retour un impact sur notre manière de penser.

- Selon **M. Heidegger**, la technique répond en apparence seulement à nos interrogations morales et existentielles. Ces dernières étant préjugées, déjà réglées par la technique, l'usager n'a plus qu'à consommer sans s'interroger sur ses besoins, désirs ou valeurs.

- L'histoire nous rappelle l'usage dangereux de la technique par l'homme (bombe atomique par exemple). Les biotechnologies nous permettront peut-être demain de sélectionner des gènes pour créer un être considéré comme parfait, conséquence d'une idéologie de la normalité et du refus des écarts ou de l'originalité.

4 LA TECHNIQUE EST NÉCESSAIRE À L'HOMME

- L'idée d'asservissement à la technique peut être nuancée. L'homme a en effet nécessairement recours à la technique pour aménager son territoire, créer des infrastructures ou concevoir des maisons tout en respectant son environnement.

- L'intelligence artificielle, souvent présentée dans la littérature de science-fiction comme un élément de domination de l'homme, pourrait au contraire nous sauver la vie. Des chercheurs finlandais ont ainsi mis au point une intelligence artificielle capable de prédire les arrêts cardiaques à 90 %.

- Pour **N. Grimaldi**, dans *Le désir et le temps*, « la technique est la vocation de toute conscience humaine ». L'insatisfaction de la conscience face à la nature engendre une « procédure de conflit » (**O. Spengler**, *L'Homme et la technique*). La technique, la capacité de l'homme à envisager autrement le réel, à imaginer un objet absent, sous-tendent ainsi la liberté de sa conscience.

15 En perspectives

Auteurs

Lévi-Strauss, Mauss, Tarde, Flam, Heidegger, Grimaldi, Spengler

Notions liées

art, nature, science, travail, conscience, liberté

La technique

1. L'existence humaine et la culture

- La technique transforme l'existence de l'homme.
- La technique peut asservir l'être humain.
- Tout conditionnement technique n'est pas asservissement.
- La technique est l'expression des désirs humains et parfois de leur médiocrité.

2. La morale et la politique

- La technique ne fixe pas de fins morale ou politique.

3. La connaissance

- La technique se distingue de la science et de l'artisanat.

Pour réussir le jour J !

Œuvres

- Ellul J., *La technique ou l'enjeu du siècle*, 1954.
Cet ouvrage s'interroge sur les conséquences politiques et sociales de la technique que les hommes créent eux-mêmes avec les concepts d'efficacité et de rentabilités, engendrés nécessairement par la technique.

- Heidegger, « La question de la technique » in *Essais et Conférences*, 1954.
Dans cette conférence sur la technique, Heidegger s'interroge, non seulement sur ce qu'est la technique, mais aussi sur son essence. Il la présente comme un danger pour l'homme, à cause de sa portée ontologique fondamentale qui lui cacherait la vérité originelle. La technique change, en effet, le rapport de l'homme avec la réalité. Elle est une médiation entre l'homme et le réel, elle empêche l'homme de s'interroger sur le monde, sur ce qu'il y fait et *in fine* sur le sens véritable de son existence.

Vocabulaire

- **Technocratie** : c'est une entité qui symbolise un pouvoir d'experts au service des politiques et dont la légitimité provient de leur compétence reconnue ou supposée.

- **Machinisme** : cette formule a été utilisée d'abord par les sociologues pour montrer la généralisation de l'utilisation de machines et donc le remplacement de la main-d'œuvre ouvrière.

- **Outil** : c'est un instrument fabriqué par l'homme pour accomplir un travail, peu importe ce dernier. Il est perçu comme le prolongement du corps et de la conscience. Il a, en effet, été fabriqué par l'homme. Il vise, cependant, à faire ce que l'homme conçoit, imagine et permet de faire ce que le corps ne peut faire : il le prolonge. En ce sens, il est inséparable de l'esprit humain.

Je me teste sur...

LA TECHNIQUE

1 Quelle est l'exigence première de toute technique ?

- ▢ **a.** La rentabilité.
- ▢ **b.** L'efficacité.
- ▢ **c.** L'économie.

2 Le bricoleur ... :

- ▢ **a.** improvise.
- ▢ **b.** applique.
- ▢ **c.** conçoit.

3 Quel type de rationalisme montre la technique ?

- ▢ **a.** D'invention.
- ▢ **b.** De principes.
- ▢ **c.** De fonctionnement.

4 Pour l'homme, la technique est la condition de ... :

- ▢ **a.** sa survie.
- ▢ **b.** son bonheur.
- ▢ **c.** son progrès.

5 La technique uniformise ... :

- ▢ **a.** les imaginations.
- ▢ **b.** les façons de penser.
- ▢ **c.** les comportements.

6 En plus d'être utile, une voiture est ... :

- ▢ **a.** un marqueur social.
- ▢ **b.** un signe de progrès.
- ▢ **c.** un objet de prestige.

7 Selon Spengler, la technique exprime une procédure ... :

- ▢ **a.** d'apaisement.
- ▢ **b.** de régulation.
- ▢ **c.** de conflit.

Corrigés au verso

Corrigés

1 > **b.** La qualité première d'une technique est son efficacité car si elle peut être fondamentalement inutile pour vivre ou bien vivre, elle doit impérativement bien fonctionner pour accomplir ce pour quoi elle est faite, c'est-à-dire ce qu'on attend d'elle.

2 > **a.** Comme le montre Lévi-Strauss, le terme bricolage a d'abord une origine militaire puisqu'une bricole était d'abord une catapulte permettant de projeter des pierres par-dessus les murailles. Il désigne aussi un coup de billard synonyme de bande. Ces deux exemples montrent un moyen de contourner un objet pour atteindre un but. Le bricoleur n'a ni les instruments ni souvent la connaissance pour faire quelque chose ou résoudre un problème directement, il va alors contourner la difficulté en improvisant.

3 > **c.** Si une technique suppose une méthode pour s'appliquer et réussir, cela signifie qu'elle est rationnelle. Pour autant, contrairement à un pur savoir, elle a pour but d'intervenir sur la réalité et de la modifier efficacement. Son rationalisme est donc de fonctionnement puisqu'elle doit trouver les meilleurs moyens pour la réussite souhaitée.

4 > **a.** L'homme est probablement le moins bien adapté à la nature et à ses dangers. Il lui a donc fallu inventer des moyens techniques pour chasser, cultiver et plus globalement construire un monde à sa mesure et dans lequel il a d'abord pu survivre.

5 > **b.** et **c.** Les pays dans lesquels les techniques les plus performantes envahissent la vie quotidienne sont souvent présentés comme des modèles de vie heureuse inspirant les pays les plus pauvres. Les techniques ne se limitent pas à être des moyens pour mieux vivre, elles impliquent des façons identiques de concevoir le monde et d'y vivre.

6 > **a.** Une voiture comme beaucoup d'objets techniques n'est pas seulement utile mais, comme le montrent les sociologues, a un rôle social de représentation puisque son propriétaire affiche aussi et parfois sa classe sociale.

7 > **c.** La technique montre simplement que l'homme n'est pas adapté à la nature et son incapacité à vivre dans une sorte d'harmonie ou d'osmose avec elle. Il y a donc un conflit au sens propre entre la nature et l'homme celui-ci étant obligé de la transformer par des instruments pour inventer un monde à sa mesure.

L'art

À revoir
OK

16

1 L'ART, UNE IMITATION DE LA NATURE ?

● Dans *La République*, **Platon** explique que la nature est la plus grande des artistes, la représentation même de la perfection. L'artiste est un faussaire de la réalité, son travail s'apparente à une simple imitation qui ne permet aucunement d'atteindre l'essence de l'objet représenté.

Définition

Selon Platon (uniquement), l'**imitation**, ou ***mimèsis***, s'apparente à un simulacre. Il s'agit d'une copie de l'apparence du modèle et non pas d'une copie qui reprendrait les mêmes proportions que le modèle et se situerait donc dans une continuité entre le modèle et l'image.

● Dans sa *Poétique*, **Aristote** considère au contraire la *mimèsis* comme premier moyen d'accès à la connaissance des objets. Il écrit ainsi que « les premières connaissances que [l'être humain] acquiert, il les doit à l'imitation, et tout le monde goûte les imitations. »

2 RESTITUER LA PERFECTION DE LA NATURE

● Pour **Aristote**, la beauté résulte de la perfection des œuvres naturelles que l'artiste tente d'imiter par sa précision sans la copier pour autant. La précision se situe entre l'esquisse et le tableau finalisé. L'artiste travaille alors jusqu'à ce que l'on ne voit plus les traces de son travail, ce qui donne une impression de facilité naturelle.

● L'art saisit donc le mouvement de la vie sans le figer. Une copie arrête la nature, lui enlève le mouvement de la vie (comme une photo sur laquelle on pose).

3 UN REGARD ATTENTIF SUR LE MONDE

● Selon **Hegel**, l'art est toujours transfiguratif. L'artiste utilise l'apparence, mais « elle sert à éveiller en nous le sentiment et la conscience de quelque chose de plus élevé » (*Introduction à l'esthétique*). L'intérêt d'une grande œuvre, c'est l'originalité ou la pénétration du regard de l'artiste sur le monde et sa capacité à en déceler la réalité cachée.

- **H. Bergson** pense que l'art se situe à l'origine de notre monde. Il est un regard naïf, primitif, amenant une expérience fondatrice, poussant chaque homme à rechercher la naissance des choses.

- L'artiste est ainsi un médiateur nous aidant à regarder la réalité au-delà des apparences trompeuses, et montrant, comme le faisait le cinéaste **J. Renoir**, l'illusion des valeurs sociales.

Citation

« L'art ne reproduit pas le visible, il rend visible. » P. Klee, *Théorie de l'art moderne*.

4 PLAISIR ESTHÉTIQUE

- La particularité du plaisir esthétique, selon **E. Kant**, est qu'il consiste en un « libre jeu de nos facultés » que sont l'imagination, la sensibilité et l'entendement.

- Le plaisir esthétique demande une éducation car n'est pas beau ce qui simplement plaît, est agréable ou encore émouvant. Le jugement esthétique se doit d'être à la fois personnel et prétendre à l'universalité, comprise ici comme idéal et non comme unanimité car « il n'existe pas de jugement esthétique qui pourrait légitimement prétendre à l'assentiment de tous » (*Critique de la faculté de juger*).

- On ne pourra jamais démontrer la qualité esthétique d'une œuvre mais seulement la montrer, la justifier par une compétence basée sur des connaissances (histoire de l'art, formation musicale ou littéraire, etc.). Les goûts esthétiques d'un individu en disent souvent plus sur sa culture personnelle que sur les œuvres elles-mêmes.

5 L'ART ET LES VALEURS MORALES

- Il convient de séparer l'art et le moralisme si l'on refuse un art fait de bons sentiments, détaché de la réalité du monde. Les artistes n'ont pas de messages à donner mais une vision lucide de la complexité du monde à exprimer.

- Cela ne veut pas dire pour autant qu'aucune valeur morale n'existe dans l'art. En pouvant, grâce à l'art, combattre sa nature et ses instincts, un homme élève ses goûts et entre spirituellement en accord avec tout homme, à savoir avec ce que l'humanité a de plus élevé.

17 En perspectives

Auteurs

Platon, Aristote, Kant, Hegel, Bergson, Jankélévitch

Notions liées

nature, travail, conscience, liberté

L'art

1. L'existence humaine et la culture

- L'art est une création spirituelle et un regard attentif et singulier sur le monde.
- Le plaisir et le jugement esthétique sont propres à chacun.
- Le jugement de goût suppose une éducation.

2. La morale et la politique

- L'art ne connaît aucune morale, son but n'est pas de délivrer des messages.
- L'art permet tout de même une élévation morale de l'humanité.

3. La connaissance

- Une reproduction fidèle de la nature ne peut retranscrire l'essence même de cette nature et nous apporter une connaissance pleine et entière de cette dernière.
- L'art n'est pas la réalité : il transmet le regard singulier de l'artiste sur le monde.

Pour réussir le jour J !

Œuvres

- Gombrich E., *Histoire de l'art, 1950.*
Il n'y a pas d'art sans histoire, en effet pour comprendre les évolutions de styles, il faut nécessairement revenir en arrière pour identifier les sources d'inspiration ou d'opposition. Cet ouvrage est sur ce plan tout à fait intéressant par ses mises en perspectives.

- Van gogh, *Vincent Van Gogh : Correspondance générale, 1914.*
Si Van Gogh a beaucoup peint, il a aussi beaucoup écrit, notamment à son frère Théo pour lui exposer sa vision du monde. Cette correspondance permet d'entrer au cœur de la création et d'en comprendre l'origine essentielle.

- Platon, « Livre X » (596b-598c), *République*, IVe siècle av. J.-C.
Dans ce livre, Platon y explique la dangerosité de l'art imitatif, qui en imitant la nature, nous détournerait de l'essence de la vérité et nous plongerait dans l'illusion.

- Aristote, « Chap. XXV », *Poétique*, IVe siècle av. J.-C.
Dans ce chapitre, Aristote évoque la technique et l'importance pour le poète de la maîtriser pleinement s'il souhaite atteindre son but.

Vocabulaire

- **Figuratif** et **abstrait** : l'art dit « figuratif » essaie de représenter le réel, à l'inverse l'art abstrait peut s'en inspirer sans du tout le représenter. Pour autant, cette distinction ne peut aboutir à une opposition radicale car jamais une œuvre d'art n'est la figure exacte de la réalité : elle exprime toujours le regard particulier de l'artiste sur celle-ci. De même, un art dit « abstrait », sans aucune émotion, ni imaginaire ou ni un monde vécu, ne pourrait atteindre le public.

- **Agréable** et **le Beau** : ce qui est agréable est ce qui satisfait le plaisir des sens et se limite au goût d'un individu. Le Beau essaie au contraire de dépasser le simple plaisir sensuel pour juger uniquement la valeur esthétique d'une œuvre.

- **Jugement de goût** : ce type de jugement n'est pas à mettre en lien avec la connaissance de l'art ou de l'objet jugé, mais avec une sensibilité propre à chacun. Pour exprimer un jugement, il n'est pas nécessaire d'être un spécialiste, il nous est possible d'émettre un jugement de goût en fonction de nos inclinations personnelles.

L'ART

1 Les grecs distinguaient l'imitation et ... :

- a. l'imagination.
- b. la copie.
- c. la mémoire.

2 Pour Hegel, l'œuvre d'art permet à la conscience de ... :

- a. vivre.
- b. se réaliser.
- c. s'extérioriser.

3 Selon l'artiste Klee, l'art rend le monde ... :

- a. triste.
- b. meilleur.
- c. visible.

4 Le plaisir esthétique vient du libre jeu de ... :

- a. notre imagination.
- b. nos facultés.
- c. notre sensibilité.

5 En esthétique, on distingue le Beau et ... :

- a. le complexe.
- b. le réel.
- c. l'agréable.

6 Le plaisir esthétique suppose que l'on distingue la fiction et ... :

- a. le réel.
- b. la vie.
- c. le rêve.

7 Un artiste ne donne pas un ... :

- a. regard sur le monde.
- b. jugement personnel.
- c. message.

8 L'art n'est au service d'aucune ... :

- a. idéologie.
- b. idée.
- c. morale.

Corrigés au verso

Corrigés

1 > **b.** La copie constitue une sorte d'arrêt de la vie, du mouvement de la nature et n'imite nullement celle-ci. Le peintre ou le photographe qui veut imiter la nature en l'exprimant dans tout ce qu'elle a de vivant doit donner l'impression du mouvement et donc du temps qui passe et ne s'arrête jamais.

2 > **c.** L'artiste exprime dans ses œuvres son regard personnel sur le monde ou la réalité et plus sa conscience est ouverte, attentive et curieuse aux objets (du latin *objectum*, placé devant), plus ses œuvres seront originales.

3 > **c.** L'artiste exprime le monde et oblige ainsi le spectateur, l'auditeur à être attentif à ce qu'il voyait ou entendait, mais ne regardait ou n'écoutait pas vraiment. Les impressionnistes par exemple ont superbement fait découvrir les couleurs infinies de la nature rendant celle-ci plus visible.

4 > **b.** C'est bien un jeu complétement libre et non contraint qui se fait entre nos facultés sans qu'aucune ne se fasse dominante. Une œuvre d'art fait appel à notre sensibilité puisqu'elle nous touche, nous séduit ou nous effraie, à notre imagination parce qu'elle ne peut être appréhendée comme un simple objet, à notre raison aussi car elle impose une réflexion qui laisse toujours sa signification problématique. C'est bien cet heureux mélange de nos facultés qui rend tout à fait particulier le plaisir esthétique.

5 > **c.** On peut aimer, être amusé ou séduit par un film et reconnaître sa mauvaise qualité cinématographique. On l'a donc trouvé agréable à voir pour des « raisons » personnelles, mais si on essaie d'avoir un jugement plus objectif, détaché de notre sensibilité propre, on acceptera de voir ses défauts.

6 > **a.** Le plaisir esthétique suppose qu'on ne confonde pas une œuvre d'art avec la réalité. Un film ou une pièce de théâtre ne répond ni dans son fond ni dans sa forme aux exigences du réel. Toute forme d'art implique nécessairement une distance avec la réalité.

7 > **c.** Si tout artiste porte, comme tout un chacun, des jugements personnels sur le monde, ses œuvres ne sont pas des prétextes pour exprimer ses pensées. Il ne s'agit donc pas pour l'artiste de communiquer un message, mais d'exprimer son regard sur notre monde.

8 > **a.** et **c.** L'art ne sert à rien et est en ce sens révolutionnaire puisqu'on ne peut pas l'enfermer dans des règles morales ou idéologiques dont il serait le chantre.

La religion

À revoir
OK

18

1 LA RELIGION COMME FAIT SOCIAL UNIVERSEL

- La religion est d'abord un phénomène social organisé qui semble, selon **H. Bergson**, être commun à toutes les sociétés humaines. Elle est ainsi à la fois *religio*, lien, et *religiosus*, soin particulier à faire quelque chose, ce qui renvoie à l'idée de déférence devant le divin.

- Sous cet angle, la religion assure la permanence de dogmes, le respect de règles de conduite, et d'un culte (liturgie, cérémonies, rites) impliquant une unité spirituelle entre ses membres et le divin.

2 RELIGION ET MYSTICISME

- Selon **É. Benveniste**, « religion » pourrait également provenir du latin *re-legere* signifiant « relire », « revoir avec soin », « redoubler d'attention et d'application », ce qui renvoie davantage à une forme de sagesse, un mode de vie éclairé par une éthique.

- Aussi la religion est-elle aussi une expérience personnelle. Cette seconde signification amène **H. Bergson** à penser le mysticisme comme antérieur à l'organisation structurée des religions monothéistes, les mystiques étant pour lui des modèles pour pratiquants.

3 LA CROYANCE EN UNE RÉALITÉ ABSOLUE

- Les périodes de rite impliquent un temps et un espace spécifiques (autels, temples pour les offrandes par exemple), qui se distinguent du temps et de l'espace profanes. En tant qu'acte de commémoration d'un événement originel (baptême par exemple), le rite symbolise les grandes étapes de la vie d'un homme et d'une communauté (naissance, entrée dans l'âge adulte, mort).

- Le sentiment religieux est à distinguer des croyances. Conceptualisé par le théologien **R. Otto** dans *Le Sacré* sous le terme de numineux (*numen*, la divinité), il s'agit d'une pure émotion supposant une situation d'effroi face à une puissance cosmique, invisible et dominatrice (*mysterium tremendu*), qui engendre malgré tout adoration et vénération (*mysterium fascinans*).

- La croyance en Dieu s'appuie ainsi sur trois composantes : la fascination pour un absolu inaccessible, la crainte du jugement divin et le respect de la toute-puissance divine.

4 L'EXISTENCE DE DIEU

- L'organisation parfaite du vivant aurait été créée d'après une intentionnalité ordonnatrice, une cause intelligente : Dieu. Pour **Voltaire**, la présence du mal sous ses formes physique et morale remet en cause cette intentionnalité.

- La contingence de l'Univers, qui, à première vue, ne possède aucune raison d'être, ne nous permet pas d'en saisir la cause. C'est pourquoi, **Thomas d'Aquin** affirme que la cause première ne peut être que Dieu, car selon lui, seule une première cause nécessaire et inconditionnée peut expliquer ce qui paraît contingent.

- La preuve ontologique de l'existence de Dieu, d'abord développée par **Saint Anselme**, est reprise par **R. Descartes** dans la cinquième des *Méditations Métaphysiques*. L'idée de perfection ne peut venir que d'un être ayant toutes les qualités de bonté, puissance, immortalité. L'existence de Dieu est donc nécessairement comprise dans son essence ou définition. Selon **E. Kant**, cette preuve est illégitime, car l'existence ne peut se déduire d'une idée et un être parfait ne sera jamais aussi véritable que de le voir se tenir devant soi.

5 LA CROYANCE : UNE ILLUSION

- Pour **B. Pascal**, l'existence de Dieu ne se prouve pas mais s'éprouve. Sans Dieu, l'existence est absurde. La mort, par exemple, est un phénomène auquel seule la destinée humaine et l'immortalité de l'âme donnent un sens. **Voltaire** estime cyniquement que si « Dieu n'existait pas, il faudrait l'inventer » pour s'assurer du respect de la morale et des lois. Pour **S. Freud**, ce besoin de croire permet de lutter contre la dureté de la vie et la crainte de la mort. Pour **K. Marx**, « la religion est l'opium du peuple » lui permettant de supporter sa condition sociale.

- **L. Feuerbach** montre que par sa foi en Dieu, l'homme abaisse ses propres capacités, les propriétés divines (toute puissance, bonté, etc.) n'étant que des qualités humaines.

- **F. Nietzsche**, enfin, lorsqu'il déclare dans le *Gai savoir* que « Dieu est mort », affirme que l'idéal pour l'homme est de se suffire à lui-même et non d'inventer une réalité fictionnelle l'empêchant d'accomplir son humanité.

19

En perspectives

Auteurs

Durkheim, Bergson, Pascal, Descartes, Kant, Freud, Feuerbach, Nietzsche, Otto

Notions liées

justice, vérité, conscience, temps, liberté, nature

La religion

1. L'existence humaine et la culture

- La religion est d'abord un fait social et culturel.
- Toute religion suppose des rites qui donnent du sens à l'existence des croyants.
- Une religion suppose une réalité transcendante dont on peut voir des signes dans notre monde.
- Toute croyance religieuse s'appuie sur une fascination, une crainte et un respect
- Dieu donne du sens à l'existence humaine.
- Les hommes ont créé les dieux par faiblesse.

2. La morale et la politique

- L'existence d'un dieu justicier justifie la morale.

3. La connaissance

- Il y a eu au moins trois types de preuves de l'existence de Dieu.
- Selon Pascal, Dieu ne se prouve pas mais s'éprouve.

Pour réussir le jour J !

Œuvres

- Durkheim, *Les formes élémentaires de la vie religieuse*, 1912.
Dans cet ouvrage, Durkheim réalise une description objective des pratiques religieuses. Il démontre que toute religion crée une cohésion au sein de la société.

- Kant, *La religion dans les limites de la simple raison*, 1793.
Cet ouvrage aborde le concept de religion dite « naturelle », à savoir une religion rationnelle et raisonnable. Cette dernière serait fondée sur la raison : il s'agirait d'une foi choisie librement par l'homme, en adéquation avec ses valeurs morales.

- Spinoza, *L'Éthique*, 1677.
Dans cet ouvrage, Spinoza soustrait tous attributs anthropomorphiques à Dieu, qu'il considère davantage comme étant une substance infinie désignant l'ensemble du réel (de tout ce qui est contenu dans la nature). Il s'agit d'une approche panthéiste du divin, une doctrine associant Dieu à la totalité du réel.

Vocabulaire

- **Foi** et **superstition** : dans la philosophie classique, la foi (du grec *pistis* et du latin *fides*) signifie « avoir confiance » et ne possède pas nécessairement une connotation religieuse. Chez Platon, la foi permet d'avoir accès à une certaine réalité du monde.

- **Monothéisme** et **polythéisme** : une religion monothéiste défend l'existence d'un seul Dieu souverain, tandis que les religions polythéistes soutiennent l'existence de plusieurs dieux.

- **Profane** et **sacré** : dans toutes les religions le domaine du sacré est celui lié au divin et qui transcende notre monde profane, dans lequel il a le pouvoir de se manifester.

- **Hérésie** et **orthodoxie** : une opinion orthodoxe est une opinion droite ou juste, à savoir qui ne déroge pas à la règle officielle d'une religion ou à ce qu'elle prétend être vrai. L'hérétique ou l'hétérodoxe est précisément celui qui soutient une autre opinion.

- **Herméneutique** : c'est une science qui a pour objet l'exégèse (l'interprétation des textes religieux) et qui peut être considérée comme une méthode efficace pour accéder aux sens multiples que peut revêtir un texte religieux, afin de ne pas se contenter d'une première lecture naïve.

LA RELIGION

1 Quelles sont les premières marques de religiosité ?

- ▢ **a.** Les églises.
- ▢ **b.** Les monastères.
- ▢ **c.** Les sépultures mortuaires.

2 Outre la fascination et le respect, quelle est la composante de la croyance en Dieu ?

- ▢ **a.** L'amour.
- ▢ **b.** La crainte.
- ▢ **c.** La charité.

3 Quel nom a-t-on donné à la preuve de l'existence de Dieu développée par St Anselme ?

- ▢ **a.** Mathématique.
- ▢ **b.** Ontologique.
- ▢ **c.** Causale.

4 Selon Pascal, Dieu ne se prouve pas mais ... :

- ▢ **a.** se conçoit.
- ▢ **b.** s'invente.
- ▢ **c.** s'éprouve.

5 Pour respecter les lois morales et civiles, les hommes ont besoin d'un Dieu :

- ▢ **a.** justicier.
- ▢ **b.** vengeur.
- ▢ **c.** charitable.

6 Selon Freud, qui Dieu remplace-t-il ?

- ▢ **a.** La famille.
- ▢ **b.** Le père.
- ▢ **c.** Le juge.

Corrigés au verso

Corrigés

1 > **c.** Outre des activités culturelles, les premières marques d'un rapport avec une transcendance sont, selon les préhistoriens, les restes de rites funéraires. Cela signifie que la mort n'était pas comprise seulement comme un phénomène naturel et que les vivants avaient le désir de la relier à une entité supérieure lui donnant une signification spirituelle.

2 > **b.** Le dieu auquel on croit n'est pas seulement une entité abstraite mais il est omniscient, transcendant, il voit donc tout et n'a pas de limites temporelles. Il est surtout capable d'agir non seulement dans le monde terrestre, mais de juger les hommes après leur mort, en punissant les fautes qu'ils auront commises au cours de leur vie. La crainte de Dieu est celle de son jugement qui oblige chaque croyant à respecter ses commandements.

3 > **b.** À côté de la preuve physico-théologique et de la preuve cosmologique, la preuve ontologique développée par St Anselme (XIe s.) repose sur l'idée qu'on peut prouver a priori l'existence de Dieu à partir seulement de son essence ou de son concept. En s'appuyant sur sa définition qui implique sa perfection, Anselme aboutit alors logiquement et nécessairement à l'existence de Dieu. Or, d'abord Kant et ensuite tout un courant existentialiste montreront que l'existence n'est pas un concept et qu'on ne peut la démontrer puisqu'elle ajoute quelque chose d'imprévisible à la réalité. Ce n'est pas parce qu'une chose est conceptuellement possible qu'elle existe réellement.

4 > **c.** Pascal montrera la vanité d'une preuve théorique de l'existence de Dieu et donc aussi de sa remise en cause. En effet, la foi en un Dieu tout-puissant relève d'une expérience existentielle personnelle qui se suffit à elle-même et donne du sens à la vie.

5 > **a.** Comme Platon en son temps le montrait grâce au mythe de Gygès, les hommes ne sont pas d'emblée bons. La croyance en un Dieu justicier les obligera à respecter les valeurs essentielles car si la justice humaine est parfois faible ou aveugle celle de Dieu est infaillible.

6 > **b.** Les hommes se sentent souvent faibles ou impuissants devant leur destin et ont l'impression d'être seuls pour subir toutes les difficultés de l'existence. Dieu est alors, pour Freud, une sorte de père protecteur qui rassure et permet de supporter tous les malheurs que l'on rencontre dans sa vie en leur donnant un sens. Les prières adressées à son dieu seraient même selon Alain des demandes infantiles et égoïstes d'aide et de protection paternelles lorsqu'on se sent fragile ou désespéré.

La nature

À revoir
OK

20

1 DE LA NATURE À L'ILLUSION NATURALISTE

- Pour **Aristote**, la nature (*phusis* en grec) désigne en premier lieu la poussée des plantes et est un principe de mouvement et de repos.
- **Lucrèce** pensait que les lois physiques permettaient de comprendre la réalité. Pour **Descartes**, la nature s'organise selon un mécanisme technique dont Dieu, ayant fixé les lois, est l'artisan parfait, seul l'homme ayant la capacité de les comprendre et de la maîtriser.
- Selon les théories comportementalistes tout comportement n'est que réaction à une stimulation extérieure pouvant être conditionnée. Un auteur propose même une éducation fondée sur le conditionnement du comportement. Pour qu'un enfant apprenne les valeurs de sa communauté, on va les lui faire aimer grâce à des récompenses.

À savoir

L'**expérience du chien de Pavlov** : le médecin et psychologue Ivan Pavlov associe de façon systématique le repas d'un chien à un signal sonore. Il constate alors que le signal seul suffit à provoquer la salivation de l'animal, même s'il n'est pas suivi d'un repas. Il en conclut qu'il a conditionné la salivation.

- La nature n'est cependant pas une norme satisfaisante pour penser le comportement humain. Les stoïciens rappellent que l'usage de notre raison nous permet d'exercer librement notre jugement. Par ailleurs, la tendance anthropomorphique à comparer qualités humaines et comportements animaux n'est pas pertinente épistémologiquement.

2 UNE NATURE IDÉALISÉE

- L'éloge de la nature provient souvent de la nostalgie illusoire d'une nature dans laquelle l'homme aurait vécu heureux sans artifice. Or, le retour à la nature conduit à découvrir une ancienne culture cachée : les vestiges du travail, de la technique, des activités humaines. Ainsi, la campagne est le résultat historique de la culture des hommes.
- L'humanité ne peut se résumer au processus biologique. L'homme peut s'émanciper, voire se révolter contre sa nature, accédant aux sphères de la culture, du droit et de la moralité. La nature, au contraire, est amorale.

S'il est dans la nature du gros poisson de manger les petits, il le fait par instinct et non par une volonté de faire le mal (**Spinoza**).

3 UNE NATURE HUMAINE DÉFINITIVE ?

● Les théories racialistes du XIXe siècle reposent sur la distinction entre l'inné et l'acquis. Par exemple, **A. de Gobineau** établit une corrélation entre le niveau de culture des peuples et le patrimoine génétique des individus ou races pour justifier l'inégalité entre les hommes et légitimer la domination de certains peuples. Cette théorie, immorale et erronée, suppose que les différences culturelles soient d'emblée des déficiences.

● Au XXe siècle, des recherches ont montré que des enfants vivant dans un foyer familial violent subissent une altération de leur ADN. C'est leur vie sociale qui a déformé le génome de ces enfants et non celui-ci qui aurait déterminé irrémédiablement leur vie. Notre capacité universelle à donner du sens au monde ne s'actualise pas spontanément, elle a besoin pour s'épanouir du support de la culture.

Citation

« Comme tout organisme vivant, l'être humain est génétiquement programmé mais il est programmé pour apprendre. Tout un éventail de possibilités est offert par la nature au moment de la naissance. Ce qui est actualisé se construit peu à peu pendant la vie par l'interaction avec le milieu. » F. Jacob, *Le Jeu des possibles*.

4 DE LA NATURE À LA CULTURE

● Pour **J. J. Rousseau**, l'état de nature est une hypothèse permettant de poser le naturel et le culturel face à face, alors que dans la réalité ils sont imbriqués. La nature est un état d'innocence dans lequel l'homme n'est ni bon ni mauvais. Elle va servir de critère neutre pour juger l'évolution de l'homme et sa culture, qui est artifice, désordre, violence.

● En étudiant les structures des relations familiales, **C. Lévi-Strauss** montre qu'elles concernent à la fois des relations naturelles et culturelles. La prohibition de l'inceste est tout à fait remarquable pour comprendre cette intrusion du culturel dans ce qui semble naturel. La cause de cet interdit ne se situe pas dans l'instinct ni dans les dangers des croisements endogamiques, puisque l'homme dit primitif ignore les lois de la génétique moderne. La véritable raison est l'utilité première de l'échange entre les peuples. La prohibition de l'inceste, en instituant une règle, permet le passage de la nature à la culture en évitant le hasard de la nature.

En perspectives

Auteurs

Aristote, Descartes, Lucrèce, Laborit, Gobineau, Rousseau, Lévi-Strauss

Notions liées

liberté, art, technique, science

La nature

1. L'existence humaine et la culture

- L'approche behavioriste considère que l'éducation peut être conditionnée.
- La nature n'a jamais été un paradis.
- La nature humaine est un ensemble de capacités s'actualisant différemment selon les cultures.
- La nature comme modèle théorique permet de comprendre l'évolution de l'homme et de sa culture (Rousseau).
- Les structures familiales sont à la fois naturelles et culturelles (Lévi-Strauss).

2. La morale et la politique

- La nature est amorale et le monde animal ne reconnaît aucune valeur.
- Les théories raciales sont à la fois fausses et dangereuses.

3. La connaissance

- Les êtres naturels ont le principe du mouvement et du repos (Aristote).
- La nature est organisée selon des lois physiques.
- On peut tenter de comprendre les êtres vivants par leur comportement.
- Une comparaison homme-animal n'est pas satisfaisante épistémologiquement.

Pour réussir le jour J !

Œuvres

- Aristote, *Physique*.

La thématique de la nature est un sujet récurrent dans l'œuvre d'Aristote, il l'évoque sous des angles divers (art, morale, politique, technique, métaphysique, etc.), toutefois cet ouvrage apparaît comme fondateur, il permet, en effet, de justifier sa conception dans les autres domaines.

- Levi-Strauss, *Race et histoire*, 1952.

Cet ouvrage rend accessible la pensée de l'auteur et illustre parfaitement la complémentarité de la nature et de la culture.

Vocabulaire

- **Artifice** : un artifice ou artéfact est tout ce qui n'est pas naturel, tout ce qui se situe entre l'homme et la nature et qui a été produit par l'homme.
- **Inné** et **acquis** : l'inné correspond à ce qui est donné à l'homme à sa naissance ; à l'inverse l'acquis concerne ce qu'il va acquérir au contact de la culture, par l'éducation et le travail notamment.
- **Anthropomorphisme** : c'est une tendance quasi naturelle à attribuer des qualités ou vertus humaines aux animaux (la méchanceté du requin, la gentillesse du dauphin, etc.) en leur prêtant des intentions qu'ils ne peuvent avoir. Si un requin en vient à attaquer un homme, c'est simplement par instinct.
- **Paradigme** : il s'agit d'un modèle théorique sur lequel on se propose de réfléchir parce qu'il semble conforme à ce que nous savons de la réalité. Si le paradigme ne permet pas de rendre compte de nouvelles observations ou de nouveaux savoirs, il sera remplacé.
- **Universel** et **relatif** : ce qui est universel est valable en tout lieu et de tout temps, alors que ce qui est relatif est par principe singulier et possède une portée plus limitée.
- **Prohibition de l'inceste** : c'est, selon Lévi-Strauss, une des règles fondamentales et universelles de toute culture humaine : elle s'est toujours imposée (même si, de fait, ce n'est pas toujours le même parent qui représente l'interdit) dans toutes les sociétés.

Je me teste sur...

LA NATURE

1 **Comment nomme-t-on cette tendance à attribuer des qualités humaines aux dieux et aux animaux ?**

- ▢ a. Zoologisme.
- ▢ b. Anthropomorphisme.
- ▢ c. Humanisme.

2 **La nature est ... :**

- ▢ a. amorale.
- ▢ b. mauvaise.
- ▢ c. bonne.

3 **Parmi d'autres, quels sont les deux domaines fondamentaux inconnus des animaux ?**

- ▢ a. Morale.
- ▢ b. Désir.
- ▢ c. Droit.

4 **La nature humaine est ... :**

- ▢ a. faite de potentialités.
- ▢ b. complètement déterminée.
- ▢ c. sans qualités.

5 **Quel état n'a probablement jamais existé selon Rousseau et Hobbes ?**

- ▢ a. Paix.
- ▢ b. Bonheur.
- ▢ c. Nature.

6 **Qu'est-ce qui, selon Lévi-Strauss, permet le passage de la nature vers la culture ?**

- ▢ a. L'intelligence.
- ▢ b. La norme.
- ▢ c. L'éducation.

Corrigés au verso

Corrigés

1 > **b.** La tendance est forte particulièrement dans nos rapports avec les animaux de leur attribuer des qualités ou propriétés humaines telles que la gentillesse, la méchanceté, l'intelligence ou encore la bonté. L'animal agit par instinct et si celui-ci peut être doux pour l'homme et même dressé par ce dernier, cela ne signifiera jamais que l'animal est capable d'agir au nom de valeurs et en étant pleinement conscient de sa responsabilité.

2 > **a.** De même qu'il ne faut pas attribuer de qualités humaines aux animaux, de même plus généralement on ne peut dire que la nature soit bonne ou mauvaise et qu'elle doive être considérée comme une valeur à défendre absolument et dans toutes les situations.

3 > **a.** et **c.** Les animaux ne peuvent jamais être jugés responsables de ce qu'ils font puisqu'ils n'en ont pas conscience et ne peuvent en assumer la responsabilité. On ne fera pas un procès à un chien et un requin qui auront mordu et tué un homme. Si le chien est domestiqué c'est son maître qui sera jugé pour ne l'avoir pas surveillé et retenu. Quant au requin, son seul désir est de se nourrir et d'accomplir ce que sa nature le contraint à faire.

4 > **a.** On ne peut parler de nature humaine achevée et déterminée mais bien de potentialités ou capacités qui peuvent s'actualiser grâce à la culture et à l'éducation. Ainsi, l'homme a, sauf exceptions médicalement explicables, la capacité naturelle de parler, mais ne parlera pas s'il n'apprend aucune langue.

5 > **c.** Selon Rousseau et Hobbes, l'état de nature n'est qu'un modèle rationnel ou paradigme permettant de poser la nécessité d'un État et d'une société civile. Contrairement à Locke, ils n'ont pas une approche historique et ne pensent pas que cet état de nature a existé. C'est un simple modèle comme la mathématique et l'économie en construisent pour tenter de mieux comprendre les progrès ou régressions de l'homme grâce à la culture et aux institutions politiques.

6 > **b.** Les normes, règles ou encore prohibitions sont universelles puisqu'elles permettent aux hommes de faire société et de vivre en respectant des valeurs communes. Ces règles sont évidemment culturelles puisqu'elles n'existent pas dans la nature et elles conditionnent ou limitent les relations que les hommes vont avoir entre eux notamment entre hommes et femmes, parents et enfants. On peut ainsi montrer que si ces normes sont universelles puisqu'elles ont toujours existé dans toutes les sociétés, elles sont pourtant relatives au sens où elles sont différentes selon les époques et cultures.

La science

À revoir
OK

22

1 LA CONNAISSANCE SCIENTIFIQUE

- La connaissance scientifique s'appuie sur la raison et repose sur une exigence d'objectivité qui oblige à écarter toute opinion personnelle. La science étudie des phénomènes (ce qui apparaît) et non des choses que nous percevons par nos sensations. Les phénomènes scientifiques sont interchangeables, ils font l'objet d'une mesure ou quantification et sont décrits à l'aide de concepts uniques pour éviter l'ambiguïté du langage ordinaire.

- On explique scientifiquement un phénomène notamment par ses causes et ses effets. Si l'expérimentation d'un phénomène scientifique ne permet pas d'en retirer une loi universelle, aucune autre conclusion ne pourra être déduite. Les rapports de causalité universels permettent alors d'anticiper l'avenir par la déduction d'un effet.

Citation

« L'opinion pense mal, d'ailleurs elle ne pense pas : elle traduit des besoins en connaissance [...]. On ne peut rien fonder sur l'opinion, il faut d'abord la détruire, elle est le premier obstacle à surmonter. » G. Bachelard, *La formation de l'esprit scientifique*.

2 LA DÉMARCHE SCIENTIFIQUE

- **G. Bachelard**, relève trois obstacles épistémologiques à une démarche scientifique :
– l'anthropomorphisme, qui projette des propriétés humaines sur les animaux ou les choses ;
– l'empirisme naïf, qui croit que l'apparence des choses reflète leurs propriétés réelles ;
– le langage, qui amène à prendre des métaphores pour des explications et des images pour des concepts.

- L'approche scientifique suppose une catharsis ou une purification intellectuelle et affective qui permet, selon **A. Koyré**, « de distinguer le monde de la vie et le monde de la science ».

- Par ailleurs, aucune observation n'est suffisante car l'observateur doit l'interpréter à la lumière de ses connaissances. Selon la formule de **G. Canguilhem** « le fait n'est pas ce dont la science est faite mais ce que fait la science en se faisant. »

3 L'APPROCHE SCIENTIFIQUE DU MONDE

- Selon **E. Kant**, dans toute démarche scientifique, la raison intervient à la fois sur les principes de pensée (catégories de l'entendement) et sur les questionnements. Si l'expérience fait émerger de nouvelles connaissances, il faut en effet des connaissances *a priori* prêtes à accueillir une observation pour lui donner un sens.

Citation

« Comment est-il possible que les mathématiques, qui sont un produit de la pensée humaine et sont indépendantes de toute expérience, puissent s'adapter d'une si admirable manière aux objets de la réalité ? La raison humaine serait-elle capable, sans avoir recours à l'expérience, de découvrir par la pensée seule les propriétés des objets réels ? » A. Einstein.

- **J. Locke**, au contraire, affirme que la connaissance vient de l'expérience seule. L'induction (conclure des lois à partir d'observations de faits) ne peut cependant être garante de véracité. Par exemple, on a longtemps observé la blancheur des cygnes et on en concluait que tous l'étaient. Or, certains sont noirs.

- Pour valider une théorie scientifique, il faut d'abord tenter de la réfuter, en montrant ses anomalies ou insuffisances. Si l'hypothèse résiste à la réfutation, elle est validée (pour un temps). Cette méthode permet de se prémunir des illusions et des croyances.

4 PEUT-ON APPRÉHENDER LA RÉALITÉ ?

- La loi de la gravitation universelle démontrée par **Newton** n'a par exemple pas été invalidée par la physique quantique, qui démontre pourtant qu'au niveau microscopique, les lois de la physique classique ne s'appliquent plus. Ainsi, deux conceptions scientifiques légitimes de la réalité cohabitent.

- L'expérience des fentes de **T. Young** nous montre par ailleurs que le monde quantique est celui de possibilités infinies : des particules de matière sont projetées à travers deux fentes sur un panneau qui recueille les impacts. L'expérience est menée selon deux contextes expérimentaux. En fonction des contextes, les impacts montrent que les particules se comportent soit comme une onde, soit comme des particules.

- Les tests expérimentaux portent sur le rapport entre l'hypothèse théorique et le dispositif expérimental et selon **W. Heisenberg**, les conditions de l'expérience modifient en permanence la réalité étudiée.

En perspectives

Auteurs

Platon, Bachelard, Kant, Koyré, Popper, Canguilhem, Einstein, Young, Heisenberg

Notions liées

raison,
vérité,
technique

La science

1. L'existence humaine et la culture

- Avoir un esprit scientifique implique de dissocier le travail analytique de l'opinion.
- L'esprit humain est structuré de telle façon qu'il puisse saisir les enjeux d'un phénomène scientifique avant d'en recueillir les résultats (Kant).
- La physique quantique, de par ses phénomènes déconcertants, nous amène à envisager que nous avons une perception incomplète de notre réalité.

2. La morale et la politique

- Les questions morales et philosophiques, voire religieuses obligent à passer de la question scientifique « comment ? », au « pourquoi ? ».

3. La connaissance

- La connaissance scientifique implique une exigence d'objectivité.
- La science classique est rationnelle, elle étudie les phénomènes et dégage des rapports universels et nécessaires.
- Pour mettre en place les conditions nécessaires à toute démarche scientifique, il convient d'écarter les obstacles épistémologiques.
- Seule l'expérience permet de faire émerger des connaissances scientifiques (Locke).
- La science décrit des phénomènes physiques en accord avec la réalité (physique newtonienne).

Pour réussir le jour J !

Œuvres

- Poincaré, *La Science et l'Hypothèse*, 1902.

Ce très grand mathématicien s'interroge sur le rapport entre la science et la réalité et souligne que la science n'aborde que les rapports entre les choses réelles et non les choses mêmes. Ainsi, il démontre qu'une expérience scientifique vise seulement à vérifier la validité d'une hypothèse théorique.

- Bachelard, *Le Nouvel Esprit scientifique*, 1934.

En s'intéressant à plusieurs théories physiques, Bachelard va montrer le caractère novateur de l'esprit scientifique du xxe siècle.

- Trinh Xuan Thuan, *Désir d'infini*, 2013.

Dans cet ouvrage, l'astrophysicien y aborde le concept d'infini, son histoire et sa portée mathématique, physique et astrophysique. L'auteur explique de quelle manière la science s'est emparée d'un concept, a priori métaphysique et religieux, pour faire progresser la problématique de l'infini.

Vocabulaire

- **Expérimentation** : ce terme est réservé à l'expérience scientifique, une expérimentation suppose, en effet, une méthode précise et différente selon les disciplines afin de pouvoir être expliquée, comprise et recommencée.

- **Induction** et **déduction** : l'induction consiste à partir d'expériences ou de faits multiples pour en tirer une conclusion au moins générale. La déduction, quant à elle, concerne un raisonnement qui, comme l'a démontré Descartes, s'appuie d'abord sur une prémisse (une proposition) pour parvenir progressivement à une conclusion grâce à des règles logiques.

- **Hypothèse** : c'est une proposition admise ou encore une conjecture qui demande toujours à être confirmée par des expériences.

- **Falsifiabilité** et **vérifiabilité** : s'inspirant de Bachelard, Karl Popper a théorisé l'idée selon laquelle une thèse est scientifique seulement si on peut la remettre en cause en essayant d'en montrer les anomalies. Au lieu de vérifier la validité de son hypothèse de départ (vérifiabilité), le scientifique essaie de l'invalider. Si elle résiste aux tests qui visent à la réfuter, dès lors elle est considérée comme provisoirement valide.

LA SCIENCE

1 Qu'est-ce que l'épistémologie ?

- ▢ a. L'étude du vivant.
- ▢ b. Une partie de la physique.
- ▢ c. L'étude de la science et de sa démarche.

2 Qu'étudie la science ?

- ▢ a. Des phénomènes.
- ▢ b. La réalité.
- ▢ c. Le mystérieux.

3 De quoi distingue-t-on généralement une prévision ?

- ▢ a. D'un rêve.
- ▢ b. D'une nécessité.
- ▢ c. D'une prédiction.

4 Pour prouver la validité d'une théorie, le scientifique tente de la ... :

- ▢ a. démontrer.
- ▢ b. simplifier.
- ▢ c. réfuter.

5 En science, de quel type de vérités pouvons-nous parler ?

- ▢ a. De vérités approchées.
- ▢ b. De vérités définitives.
- ▢ c. De vérités relatives.

6 Quelle question est proprement scientifique ?

- ▢ a. Pourquoi ?
- ▢ b. Comment ?
- ▢ c. Quand ?

Corrigés au verso

Corrigés

1 > c. L'épistémologie est une discipline philosophique qui étudie les sciences, leur fonctionnement, leurs critères de validité et essaie de comprendre sur quels principes elles reposent pour distinguer les sciences dites exactes, les sciences humaines et les pseudo-sciences.

2 > a. Une science doit tout faire pour ne pas s'appuyer sur des préjugés, c'est-à-dire commencer une étude en ayant déjà caractérisé son objet. Pour écarter cette approche, elle va au contraire construire progressivement son objet au cours de son étude. Cela implique qu'au départ celui-ci soit considéré comme un simple phénomène, c'est-à-dire au sens propre une apparition sans propriétés définies et définitives.

3 > c. Une prédiction s'appuie simplement sur l'interprétation de signes dans un cosmos arrêté et immuable, signes auxquels elle donne abusivement une valeur prédictive déterminant à l'avance les comportements et faits humains. La science au contraire essaie de prévoir en cherchant notamment des relations de cause à effet et en vérifiant expérimentalement la validité d'une hypothèse de départ.

4 > c. La démarche scientifique ne vise pas à confirmer une hypothèse de départ car ce faisant, le risque est grand d'orienter une démonstration pour qu'elle ne fasse qu'invariablement la confirmer. Des méthodes comme la randomisation, les tests en aveugle sont ainsi faits pour tenter de contredire une hypothèse c'est-à-dire la réfuter. Si tous les moyens utilisés ne montrent pas d'erreurs, elle sera considérée comme valide jusqu'à ce que l'on prouve ses faiblesses.

5 > a. La science oblige à la modestie car un savant sait que toute théorie sera un jour remise en cause et que c'est précisément ainsi que la science avance sans s'enfermer dans des certitudes dogmatiques comme elle a pu le faire au XIXe siècle. Cela ne veut pas dire pour autant que toute théorie soit fausse ou même simplement relative. En effet, lorsqu'une théorie est renversée par une autre, elle l'est seulement en partie et a contribué à la naissance de celle qui sera aussi remise en cause ultérieurement. La science approche donc sans cesse de la vérité sans jamais la toucher.

6 > b. Les questions métaphysiques, religieuses ou même morales ne sont pas du ressort de la science, celle-ci cherchant à comprendre comment fonctionne par exemple un système ou une organisation. En tant qu'homme ou citoyen, un savant peut se demander pourquoi les choses sont ainsi et au nom de quoi, mais en tant que savant, il doit se limiter à des questions scientifiques sur lesquelles il peut tenter par son travail de trouver des réponses.

La vérité

À revoir
OK

24

1 UNE QUÊTE DE LA VÉRITÉ

- Dans le mythe d'Er le Pamphylien (*La République*, **Platon**), les âmes, après avoir choisi le modèle de leur vie à venir boivent l'eau du fleuve Léthé pour oublier leur vie précédente. L'enjeu de ce mythe est l'*alètheia* (dévoilement de la vérité), dont l'accès passe par la réminiscence (souvenir des idées contemplées dans l'au-delà).

À savoir

Dans *Le Ménon*, Socrate fait une leçon de géométrie à un esclave pour démontrer que « la vérité de toute chose est en nous » et qu'il suffit d'être guidé pour s'en souvenir.

- Bien orienté, l'homme procède, par la quête philosophique, à la redécouverte de savoirs déjà appris. **Platon** montre ainsi que tous les hommes ont la capacité à parvenir à une connaissance véritable.

2 DU PARAÎTRE À L'ÊTRE

- Dans l'allégorie de la caverne (« Livre VII » de *La République*), **Platon** montre qu'il y a une coexistence entre le monde des apparences sensibles et toujours changeantes et le monde des Idées immuables et éternelles. La vérité suppose une interrogation ontologique, une réflexion sur l'être des choses (*ontos*, être). L'être est mesure et condition du vrai, par delà le changement.

À savoir

Dans l'**allégorie de la caverne**, Platon compare la situation de l'homme à celle de prisonniers enchaînés dans une caverne à qui on aurait fait croire que les ombres de marionnettes projetées sur le mur en face constituent la réalité. Or, la véritable réalité n'est accessible qu'en se détournant des apparences sensibles pour accéder, grâce à l'éducation, au monde des Idées.

3 UN DISCOURS VÉRITABLE

- La distinction entre être et paraître est à la base du principe de non-contradiction selon lequel « il est impossible que le même attribut appartienne et n'appartienne pas en même temps au même sujet et sous le même rapport » (**Aristote**). Ce principe permet notamment de réfuter un discours incohérent.

- Lorsque le sophiste **Protagoras** affirme que « l'homme est la mesure de toutes choses », il prétend que « ce qui paraît à chacun est la réalité même ». Autrement dit, toutes opinions même contraires seraient bonnes. Ce qui aurait pour conséquence d'anéantir le concept de vérité.

- **Épicure**, puis **Lucrèce** montrent que nos sens ou impressions (*phantasiai*) avec nos rêves et nos visions, « ne se trompent jamais ». Aussi posent-ils que nos perceptions sont le reflet de la réalité. Ce ne sont pas nos perceptions qui sont fausses, mais nos opinions sur celles-ci.

4 LA VÉRITÉ EST UNE IDÉE INNÉE

- **R. Descartes**, s'inspirant de **Platon**, décrit la vérité comme « en droit antérieure à son acceptation » et donc à sa reconnaissance. Ce faisant, il s'appuie également sur la définition médiévale selon laquelle la vérité est l'adéquation de la chose et de l'intellect ou de l'esprit . Le vrai nous apparaît ainsi par « la lumière naturelle ou intuition de l'esprit », entendue comme connaissance rationnelle et immédiate.

- La première vérité est celle du *cogito* (je pense), qui échappe au doute le plus radical. Même si mes pensées n'étaient qu'erreurs ou illusions, c'est en elles que résident le vrai et le critère du vrai. C'est dans l'intuition de l'évidence des idées claires et distinctes que **Descartes** situe le critère du vrai.

5 LE SCEPTICISME

- Depuis les Grecs, les sceptiques (**Hume**, **Montaigne**, etc.) ont tous considéré qu'il n'y avait aucun critère assez fort permettant d'affirmer une vérité, ce doute ne concernant que le domaine théorique et non l'action. Toutes les thèses ne sont pas pour autant défendables, certaines sont meilleures que d'autres sans être définitivement vraies.

6 UNE IDÉE PRAGMATIQUE DE LA VÉRITÉ

- Pour le pragmatique, seule l'application d'une théorie, sa réussite expérimentale, sert de critère de vérité. Ainsi, pour **W. James**, dans *Le Pragmatisme*, « posséder des pensées vraies, c'est, à proprement parler, posséder de précieux instruments pour l'action. »

- En ce sens, une théorie est un instrument de recherche et la vérité se définit par la totalité de ses conséquences (théorique, affective, sociale, etc.). Le vrai est ce qui satisfait l'ensemble des besoins humains, l'utilité devenant le seul critère pour les valeurs humaines.

En perspectives

Auteurs

Platon, Aristote, Épicure, Lucrèce, Descartes, Montaigne, Hume, James, Pascal

Notions liées

science, religion, langage, raison

La vérité

1. L'existence humaine et la culture

- Le premier désir de la philosophie est une quête de la vérité.
- Nous sommes tous égaux face à cette recherche de vérité.
- Toute opinion n'est pas légitime.
- Nos perceptions sont le reflet de la réalité, car elles ne sauraient engendrer un faux témoignage.
- Selon Descartes, la vérité est une idée innée : nous cherchons à reconnaître des idées dont nous avons une connaissance intuitive.

2. La morale et la politique

- On peut avoir une conception pragmatique de la vérité.

3. La connaissance

- La recherche de la vérité suppose de détourner le regard des apparences sensibles.
- Il n'y a pas de vérité sans identités stables.
- La cohérence de la pensée est indispensable pour parvenir à la vérité.
- Il faut douter pour espérer accéder à la vérité.
- Le sceptique n'a pas de critère certain lui permettant d'affirmer une vérité, mais il continue à chercher.

Pour réussir le jour J !

Œuvres

- Platon, *La République*, 315 av. J.-C.

– « Livre X (614 b - 621 d) »
Le Livre X de *La République* clôture l'ouvrage. À la toute fin de celui-ci se trouve évoqué le mythe d'Er le Pamphylien qui fait le récit de son voyage dans l'au-delà et réalise une description détaillée du processus de réincarnation des âmes.
– « Livre VII »
Dans le Livre VII, Platon expose sa théorie sur le monde des apparences à travers l'explication de l'allégorie de la caverne.

- Descartes, *Règles pour la direction de l'esprit*, 1684.

Dans cet ouvrage inachevé, Descartes s'interroge sur le concept de vérité en soulignant le fait qu'aucune vérité n'est possible si l'on s'appuie uniquement sur des opinions. Aussi se demande-t-il si la vérité la plus certaine n'est pas mathématique.

Vocabulaire

- **Vérité** : si, comme nous l'avons vu, la vérité se définit comme l'accord entre la chose ou réalité et l'esprit, cela signifie qu'elle n'est ni d'un côté ni de l'autre, et que la difficulté est de trouver la juste mesure entre les deux.
- **Doute** et **certitude** : **le doute** peut être considéré comme une insuffisance, il indique, en effet, un manque de certitude. Mais, à l'instar de Descartes, nous pouvons le considérer comme un élément propice à la recherche : en remettant en cause **les certitudes** non interrogées (dogmes, préjugés), il oblige à chercher des fondements ou des certitudes plus solides.
- **Opinion** et **savoir** : si, selon Platon, il ne faut surtout pas confondre une opinion subjective avec un savoir objectif et universel, une opinion peut tout de même être accompagnée d'un savoir, elle peut se justifier par un raisonnement valide, argumenté et s'appuyer sur des faits non-scientifiques.
- **Préjugé** : au sens propre, il s'agit d'un jugement porté avant tout exercice de la raison et s'appuyant seulement sur une idée préconçue ou répétée.

Je me teste sur...

LA VÉRITÉ

1 **Selon Platon, à quoi les âmes réincarnées sont-elles confrontées ?**

- ▢ **a.** L'oubli.
- ▢ **b.** La misère.
- ▢ **c.** La souffrance.

2 **Pour que des propriétés changent, il faut ... :**

- ▢ **a.** des identités invariables.
- ▢ **b.** un monde stable.
- ▢ **c.** un temps arrêté.

3 **Qui a dit que « l'homme est la mesure de toutes choses » ?**

- ▢ **a.** Socrate.
- ▢ **b.** Montaigne.
- ▢ **c.** Protagoras.

4 **Quel principe établit la condition formelle de toute pensée vraie ?**

- ▢ **a.** Le principe de non-contradiction.
- ▢ **b.** Le principe suprême.
- ▢ **c.** Le principe hypothétique.

5 **Dans la pensée classique, la vérité est l'adéquation de la chose et de ... :**

- ▢ **a.** La sensibilité.
- ▢ **b.** L'intellect.
- ▢ **c.** L'imagination.

6 **Le doute de Montaigne est ... :**

- ▢ **a.** méthodique.
- ▢ **b.** sceptique.
- ▢ **c.** psychologique.

7 **Quel est le critère de vérité pour les pragmatistes ?**

- ▢ **a.** La cohérence.
- ▢ **b.** L'universalité.
- ▢ **c.** L'utilité.

Corrigés au verso

Corrigés

1 > a. Dans une approche mythique, Platon nous dit qu'avant d'être incarnées, les âmes contemplaient les idées éternelles. Il ajoute que « le corps est le tombeau de l'âme » puisqu'à son contact elle a perdu ce qui lui donnait un sens. Il s'agit donc grâce à l'enseignement de la philosophie d'orienter les âmes vers les idées qu'elles ont oubliées pour qu'elles comprennent que la vérité n'a rien de relatif et est un universel qui prévaut sur les opinions subjectives des hommes.

2 > a. Pour qu'on puisse parler de changement de propriété d'une chose ou d'un être, il faut nécessairement que cette chose ou cet être soit une identité stable et définie ou encore qu'elle ait une présence ontologique, autrement dit qu'elle existe en tant qu'être.

3 > c. Lorsque le sophiste Protagoras affirme cela, il signifie que toutes les opinions individuelles se valent et peuvent être affirmées légitimement vraies.

4 > a. Le principe de non-contradiction impose à la pensée une simple cohérence. Deux thèses contraires ne peuvent être vraies en même temps et sous le même rapport. Par exemple, un tissu peut être blanc d'un côté et noir de l'autre en même temps, entièrement blanc après une teinture et noir après une autre et donc pas en même temps. Dans le domaine de la pensée, une telle cohérence est exigée comme condition d'un discours vrai.

5 > b. La vérité n'est donc pas du côté de la chose ou de la réalité seulement, du côté de l'esprit ou de l'intellect, mais dans leur relation ou rapport. L'adéquation est leur juste rapport et c'est naturellement là que se situe toute la difficulté pour caractériser la vérité.

6 > b. Si le doute de Descartes est méthodique et radical, celui de Montaigne est sceptique puisqu'il se limite au domaine théorique pensant qu'il n'y a jamais de critère assez fort pour pouvoir affirmer la vérité d'une thèse.

7 > c. Nous sommes ici éloignés d'une conception classique de la vérité puisque c'est sa réussite qui importe. Une théorie est bonne non parce qu'elle vraie mais parce qu'elle montre son efficacité par rapport à ce qu'on recherchait.

La raison

À revoir
OK

26

1 LE DISCOURS DE LA MÉTHODE

● **R. Descartes** définit la raison comme « la puissance de bien juger et de discerner le vrai d'avec le faux ». La raison coïncide avec le bon sens qui serait « la chose la mieux partagée du monde ». Plusieurs conditions sont indispensables à son bon usage :
– Ne pas assimiler l'intelligibilité et la vérité. La cohérence, l'efficacité, le consensus ne sont pas des critères de vérité, et pour **F. Nietzsche**, « une chose qui convainc n'est pas vraie pour autant, elle est seulement convaincante ».
– Distinguer l'exigence ou désir de vérité et l'existence de la vérité. L'exigence de vérité est une qualité subjective qui nous invite à dépasser notre ignorance pour connaître le monde, d'où l'affirmation de **Socrate** : « Je sais que je ne sais rien ».
– Élaborer des mises en ordre vérifiables et accepter de voir ses thèses rejetées.

● La méthode cartésienne enjoint les hommes à se prémunir contre la précipitation et la présomption, qui risqueraient de les égarer. Descartes propose quatre préceptes pour y parvenir :
– Le principe d'évidence : éliminer le probable au profit du clair et du distinct.
– Le principe d'analyse : décomposer un phénomène en éléments plus simples et examiner la manière dont les éléments se combinent.
– Le principe d'ordre : les pensées suivent un ordre argumentatif allant du plus simple au plus complexe.
– Le principe de révision : vérifier les étapes de la déduction avant d'achever la démonstration.

2 UNE CONNAISSANCE RATIONNELLE

● Toute rationalité prétend à l'objectivité. Elle doit donc écarter l'histoire personnelle du sujet qui cherche à connaître.

● Une connaissance rationnelle doit prétendre à l'universalité. La méthode doit pouvoir être comprise et reprise par tous. La rationalité se soumet à un contrôle intersubjectif : les raisonnements se basent sur des concepts univoques et des règles de déduction universelles et nécessaires.

● La raison demande des efforts de lucidité et une distance critique pour ne pas tomber dans le scientisme (foi aveugle en la science) et rester un « rationalisme ouvert » (**G. Bachelard**), à savoir non dogmatique, capable d'autocritique.

3 LES DIFFÉRENTS TYPES DE RATIONALITÉ

- La rationalité technique est l'usage calculé et systématique de moyens en vue d'une fin. Il s'agit de trouver des moyens performants pour atteindre un but. L'efficacité est ici le critère déterminant.
- La rationalité scientifique se soumet à l'objectivité et aux principes logiques de la pensée. Elle s'appuie sur des démonstrations expérimentales, porte sur des portions délimitées de la réalité et, comme le dit **K. Popper**, ne prétend pas, comme une idéologie, à une conception globale du monde.
- La rationalité philosophique ne cherche ni le calcul, ni l'efficacité ni même la découverte. Elle évalue les opinions, écarte les préjugés et illusions en clarifiant les pensées. Elle suppose une exigence de lucidité, de rigueur et vise une autonomie de la pensée et des actions.
- La rationalité morale suppose une action désintéressée. Pour **E. Kant**, pour être heureux l'homme utilise parfois sa raison pour satisfaire ses besoins ou instincts, et ce, en dépit de l'exigence d'universalité de la raison. C'est par sa capacité à se donner des principes universels d'action que l'homme se distingue des animaux et non par son intelligence.

4 RAISON ET SENTIMENTS

- Selon **Hegel**, l'intelligibilité rationnelle est le reflet de l'ordre du monde et ce qui semble irrationnel (hasard, désordre, passions) ne l'est qu'en apparence.
- **Spinoza** explique que les affects peuvent engendrer des comportements irrationnels. Il faut donc lutter contre ses propres affects négatifs grâce à des affects positifs plus puissants. Il s'agit d'un processus de rationalisation des affects, qui nous permet d'accéder au bonheur par un contrôle de nos passions.
- Pour **B. Pascal**, il faut veiller à ne pas faire de la raison l'unique source de la vérité et accepter avec humilité l'origine mystérieuse, voire divine de cette dernière.

Citation

« Nous connaissons la vérité non seulement par la raison, mais encore par le cœur. [...] C'est de cette dernière sorte que nous connaissons les premiers principes et c'est en vain que le raisonnement, qui n'y a point de part, essaie de les combattre ».
B. Pascal, *Pensées*.

En perspectives

27

Auteurs

Descartes, Pascal, Hegel, Kant, Nietzsche, Bachelard, Spinoza, Popper

Notions liées

science, vérité, religion

La raison

1. L'existence humaine et la culture

- Chaque homme peut s'orienter vers le chemin qui lui correspond en prenant son temps et en adoptant une attitude méthodique.
- Il convient de distinguer le désir de vérité avec le fait de posséder la vérité.
- Une conception rationnelle du monde peut être ouverte et critique.
- La rationalité peut être technique, scientifique, philosophique.
- Nous pouvons maîtriser nos affects ou passions par la raison, et ainsi tendre vers plus de sagesse.
- Il faut veiller à ne pas uniquement s'en remettre à la raison dans notre quête de vérité et savoir écouter notre intuition.

2. La morale et la politique

- La morale suppose aussi des principes et un comportement rationnels.
- Une démarche rationnelle peut être reconnue et contrôlée.

3. La connaissance

- La raison est d'abord une capacité à bien juger et à avoir une réflexion ordonnée.
- Une connaissance rationnelle est objective, méthodique et critique vis-à-vis d'elle-même.
- Un rationalisme absolu est réducteur et discutable sur le plan épistémologique.

Pour réussir le jour J !

Œuvres

- Descartes, *Discours de la Méthode*, 1637.

Cet ouvrage est d'une grande richesse conceptuelle, Descartes y élabore les quatre préceptes de sa méthode pour ordonner clairement et distinctement ses pensées ; et ainsi parvenir à une pleine autonomie de l'esprit et de l'existence de chacun.

- Locke, *Essai sur l'entendement humain*, 1689.

La pensée de Locke s'oppose à celle du rationalisme cartésien. Locke défend, en effet, une conception empiriste de la connaissance : selon lui la raison de l'homme est, avant tout, une « table rase » et c'est de l'expérience seulement que viennent ses connaissances.

- Pascal, *Pensées*, 1670.

Dans cet ouvrage, Pascal incite notamment le lecteur à ne pas négliger les vérités du cœur, à accepter les limites d'un raisonnement impliquant seulement un enchaînement argumentatif.

Vocabulaire

- **Cohérence** : la cohérence d'un propos, d'une démonstration ou d'une démarche est visible lorsqu'il existe un lien clair entre les différents éléments de l'argumentation et que cette dernière est l'aboutissement d'une conséquence logique.
- **Principe** et **précepte** : un principe est une cause ou proposition première et non déduite qui permet de débuter une réflexion et d'en déduire des conséquences. Un précepte a une finalité plus pratique.
- **Nécessaire** et **suffisant** : ce qui est nécessaire ou apodictique, quel que soit le domaine, implique qu'on ne puisse s'en passer pour aboutir à une fin ou avoir un effet quelconque. Mais ce qui est indispensable ou nécessaire peut ne pas être suffisant pour parvenir au but recherché.
- **Rationnel** et **raisonnable** : si ces deux termes se rapportent à la raison, leurs champs d'application ne sont pourtant pas identiques. Le rationnel porte sur le domaine de la connaissance, tandis le raisonnable renvoie à l'action humaine.
- **Dogmatisme** : (*dogma* en grec, opinion) ce terme consiste à affirmer la validité certaine d'une conception scientifique.

LA RAISON

1 Selon Kant, pourquoi les hommes n'usent pas de manière appropriée de leur raison ?

- ▢ **a.** Parce qu'ils veulent seulement satisfaire leurs besoins.
- ▢ **b.** Parce qu'ils vivent dans l'oisiveté.
- ▢ **c.** Parce qu'ils manquent de courage.

2 Quel philosophe a évoqué le concept de « rationalisme ouvert » ?

- ▢ **a.** Pascal.
- ▢ **b.** Bachelard.
- ▢ **c.** Descartes.

3 Il ne faut pas confondre l'exigence ou le désir de vérité avec ... :

- ▢ **a.** la possession de la vérité.
- ▢ **b.** la négation de la vérité.
- ▢ **c.** l'affirmation de la vérité.

4 Quel est le critère déterminant de la rationalité technique ?

- ▢ **a.** La rentabilité.
- ▢ **b.** La nécessité.
- ▢ **c.** L'efficacité.

5 À quoi le scientisme correspond-t-il ?

- ▢ **a.** Un type particulier de preuve.
- ▢ **b.** Un désir de vérité.
- ▢ **c.** Une foi aveugle en la science.

6 La rationalité prétend à l'objectivité et à ... :

- ▢ **a.** l'universalité.
- ▢ **b.** la vérité.
- ▢ **c.** l'efficacité.

7 Socrate affirme : « je sais que ... :

- ▢ **a.** je peux savoir. »
- ▢ **b.** je saurai tout en cherchant. »
- ▢ **c.** je ne sais rien. »

Corrigés au verso

Corrigés

1 > **c.** La raison n'est pas une entité constitutive de notre corps mais une capacité que l'on peut mettre en acte, que l'on doit développer, approfondir pour parfaire notre humanité d'être rationnel et libre. Kant montre ainsi que c'est bien par lâcheté que les hommes préfèrent souvent se contenter de ce qu'ils croient savoir pour n'avoir pas à affronter des vérités dérangeantes.

2 > **b.** Bachelard n'a pas du tout une conception figée de la raison puisqu'il considère que celle-ci doit toujours être ouverte sur le monde et donc toujours capable de se remettre en cause.

3 > **a.** On ne possède pas la vérité comme on possède un bien matériel. Elle est une notion d'emblée problématique qui suppose la mise en acte de sa raison et qui doit lui servir d'idéal et de guide.

4 > **c.** La technique n'est pas une valeur mais une façon d'être au monde et d'y être le mieux possible. Elle suppose donc une sorte de conflit ou opposition entre la nature ou la réalité et l'homme celui-ci essayant d'inventer des techniques pour survivre à ce conflit.

5 > **c.** Le scientisme est un courant de pensée né au XIXe siècle qui considère que seule la science peut parler de connaissance et même de vérité, toutes les autres disciplines comme l'art, la religion ou la philosophie n'étant que des croyances illusoires.

6 > **a.** Toute démarche rationnelle se voulant objective utilise des méthodes qui peuvent être comprises et reprises par tout individu respectant la rigueur de cette démarche. Cela signifie qu'une démonstration ou expérience n'est pas l'expression d'une simple opinion subjective mais qu'elle a une valeur objective et universelle pouvant être approuvée par tout homme par sa seule raison.

7 > **c.** Socrate a conscience de son ignorance, il sait les limites de ses connaissances et est donc capable de les repousser en continuant à chercher. Le véritable ignorant a réponse à tout et ne cherche plus rien, convaincu qu'il est d'avoir la science infuse. C'est naturellement une vanité terrible et surtout une des formes courantes de la bêtise.

L'État

- À revoir
- OK

28

1 QU'EST-CE QUE L'ÉTAT ?

● L'État est une entité impersonnelle incarnée par des symboles et des représentants exerçant un pouvoir qui varie selon le régime (démocratie, monarchie ou dictature) mais reposant toujours sur un rapport hiérarchique entre gouvernants et gouvernés.

● **B. Pascal** distingue alors les « grandeurs d'établissement », instituées par les hommes pour organiser la société, et les « grandeurs naturelles », ou qualités des individus. Il convient de distinguer l'homme et la fonction en respectant celle-ci et en méprisant celui qui s'en rend indigne.

● Dans son ouvrage *Le savant et le politique*, **M. Weber** a identifié différentes formes de pouvoir :
– le pouvoir traditionnel, qui cherche sa justification dans la filiation.
– le pouvoir charismatique, fondé sur « la grâce personnelle et extraordinaire d'un individu ».
– le pouvoir légal (celui de l'État), qui se fonde sur le statut juridique de l'autorité politique et sur l'idée que ceux qui exercent le pouvoir ont la compétence pour cela.

● Pour que l'État apparaisse, il faut aussi des conditions pratiques d'existence dont un territoire, avec des frontières définies. L'organisation de l'Etat correspond à l'histoire de chaque pays et à la conscience du peuple de son identité collective (nation).

Citation

« Le patriotisme, c'est l'amour des siens ; le nationalisme, c'est la haine des autres. » Romain Gary, *Éducation européenne*.

● Le mot nation vient de « nature », « naissance ». Il revêt un caractère biologique lorsque les nazis l'associent au concept de « race », tout autre race devient un corps étranger dangereux pour l'unité du groupe. Dans une perspective rationnelle et légaliste, la nation est « un corps d'associés vivant sous une loi commune et représentée par une même législature » (**Sieyès**). Elle implique une unité spirituelle d'individus libres ayant la volonté de partager un bien commun.

2 LES FONDEMENTS DE L'ÉTAT

● **N. Machiavel** démontre dans *Le Prince* que la prise et l'exercice du pouvoir sont affaire de technique. Le prince doit être habile, rusé (renard), voire cruel (lion) selon les situations. Il distingue ainsi politique et morale. Toutefois, dans les *Discours sur la première décade de Tite-Live* (1513-1520), il souligne que pour ne pas devenir tyrannique, le prince doit tenir compte des intérêts de l'État et de la souveraineté du peuple.

- Les philosophes du contrat s'interrogent quant à eux sur la source instituant la légitimité de l'État. **T. Hobbes**, dans le *Léviathan*, décrit un contrat de soumission, par lequel l'homme cède volontairement sa liberté, afin de sortir d'un état de nature où « l'homme est un loup pour l'homme » et d'accéder à la paix civile. **J.-J. Rousseau**, prône plutôt un contrat d'association préservant la liberté et l'égalité des hommes. Néanmoins, pour que le droit soit respecté, il faut des consciences éclairées, les hommes éduqués.

Citation

« Un peuple libre obéit, mais il ne sert pas, [...] il obéit aux lois mais il n'obéit qu'aux lois, et c'est par la force des lois qu'il n'obéit pas aux hommes. » J. J. Rousseau, *Lettres écrites de la montagne*.

3 L'ÉTAT RÉPUBLICAIN

- Pour **K. Marx**, la liberté et l'égalité restent des principes formels qui laissent les inégalités sociales et économiques exister et croître. Les « bourgeois », en donnant aux « prolétaires » le statut de citoyens ne font que renforcer leurs propres privilèges économiques.
- Selon **A. de Tocqueville**, la « passion de l'égalité » est dangereuse pour la démocratie et la liberté. L'égalitarisme donne un monde uniforme car au nom de l'égalité, l'État peut obliger les hommes à nier leurs différences pour ne devenir qu'une seule entité sans singularité. Ainsi, pour **F. Hölderlin**, « ce qui fait de l'État un enfer, c'est que l'homme essaie d'en faire un paradis ».
- La devise de l'État républicain « Liberté, Égalité, Fraternité » n'est pas un fait mais une exigence. Chacun a sa conception des trois termes, ce qui implique des oppositions, voire des affrontements nourrissant l'esprit démocratique. L'État n'a pas pour fonction d'imposer ces trois principes, mais doit garantir leur existence.
- Il faut donc se méfier de toute conception irénique (sans conflit) de l'État visant le bonheur de chacun. Le bonheur est une idée subjective qui ne doit être imposée par un État voulant tout régir et tout savoir de chacun.

Citation

« Quand dans un État, vous ne percevez le bruit d'aucun conflit, vous pouvez être sûr que la liberté n'y est pas. » Montesquieu, *Grandeur et décadence des Romains*, VIII.

En perspectives

Auteurs

Pascal, Hobbes, Weber, Rousseau, Marx, Sieyès, Montesquieu, Machiavel, Tocqueville

Notions liées

liberté, justice, bonheur, nature, devoir

L'État

1. L'existence humaine et la culture

- L'homme à la tête de l'État peut ne pas s'en montrer digne, il faut distinguer l'homme et la fonction (Pascal).
- Les hommes signent un contrat de soumission avec l'État pour que ce dernier assure leur protection (Hobbes).
- À l'inverse, selon Rousseau, les hommes peuvent signer un contrat d'association leur garantissant leur liberté des droits.

2. La morale et la politique

- L'État est représenté par divers administrations (mairies, préfectures, etc.).
- Pour gouverner efficacement, il faut faire fi de la morale (Machiavel).
- Pour Marx, l'État républicain est une tromperie objective.
- La passion de l'égalité peut conduire à un égalitarisme dangereux.

3. La connaissance

- Il existe différentes formes de pouvoir : le pouvoir légal et le pouvoir charismatique (Weber).
- La devise de l'État républicain est un idéal vers lequel tendre, pas une obligation imposée par l'État (Montesquieu).

Pour réussir le jour J !

Œuvres

- Tocqueville, *De la démocratie en Amérique*, 1835.

Dans cet ouvrage fondateur, l'auteur (considéré comme un penseur libéral) analyse la naissance de la démocratie américaine. Il y décrit lucidement les risques d'égalitarisme qui peuvent être engendrés par un puissant idéal démocratique.

- Arendt, *Le système totalitaire. Les origines du totalitarisme (3)*, 1951.

Cet ouvrage est le troisième et dernier d'une œuvre portant sur les origines du totalitarisme. L'auteure y distingue un État totalitaire et une dictature. Pour ce faire, elle décortique les fonctionnements de l'Allemagne nazie et de la Russie stalinienne, et met en évidence le fait que l'individualité y était niée au profit de la masse ou du groupe avec une police omniprésente pour surveiller les comportements déviants.

Vocabulaire

- **Anarchie** : c'est une doctrine politique qui postule la bonté des hommes et refuse les pouvoirs politique et religieux qui la pervertissent à cause des rapports hiérarchiques qu'ils impliquent nécessairement.
- **Libéralisme** : il faut bien distinguer le libéralisme politique (Tocqueville, Constant) qui défend les libertés fondamentales (juridique, presse, expression, etc.) contre un pouvoir qui voudrait les limiter et le libéralisme économique qui refuse toute intervention de l'État hormis son domaine régalien (justice, police, armée).
- **Pouvoir totalitaire** et **pouvoir dictatorial** : le pouvoir totalitaire n'a existé qu'au XXe siècle (nazisme et stalinisme) et, comme son nom l'indique, il montre une mainmise totale du pouvoir sur la société et les individus. Il n'y a plus de séparation entre le privé et le public, le pouvoir politique voulant tout régir, tout réglementer et tout surveiller. Ce pouvoir se distingue d'une dictature (ou despotisme) dans laquelle un seul gouverne directement en réduisant au maximum les corps intermédiaires. Dans une dictature, les relations politiques sont quasi inexistantes.

Je me teste sur...

L'ÉTAT

1 Selon Weber, les origines du pouvoir peuvent se trouver dans la tradition, la loi et ... :

- ☐ a. la force.
- ☐ b. le charisme.
- ☐ c. la naïveté.

2 Quel type d'États distingue-t-on communément des États centralisés ?

- ☐ a. Communautaires.
- ☐ b. Fédéraux.
- ☐ c. Régionaux.

3 Selon Machiavel, la politique est à distinguer ... :

- ☐ a. du droit.
- ☐ b. de la ruse.
- ☐ c. de la morale.

4 Dans l'état de nature, l'homme est, selon Hobbes ... :

- ☐ a. bon avec son prochain.
- ☐ b. totalement innocent.
- ☐ c. un loup pour l'homme.

5 Pour Rousseau, comment est le contrat social ?

- ☐ a. D'association.
- ☐ b. De protection.
- ☐ c. De soumission.

6 Comment est perçu par Marx l'État républicain ?

- ☐ a. Un idéal louable.
- ☐ b. Une universalité illusoire.
- ☐ c. Un principe à défendre.

7 Quel danger peut engendrer l'égalitarisme ?

- ☐ a. L'élection d'un tyran.
- ☐ b. Le renversement de l'État.
- ☐ c. La disparition des singularités.

Corrigés au verso

Corrigés

1 > **b.** Si pour les grecs les héros ont la faveur des dieux, l'histoire nous montre que malheureusement cette faveur ou grâce a pu être mise au service des pires dictateurs ne cherchant aucunement le bien.

2 > **b.** Les États fédéraux comme l'Allemagne ou les U.S.A. ont en leur sein des Länders ou États autonomes ayant des pouvoirs législatif, exécutif et judiciaire particuliers. Ils sont davantage décentralisés que la France, même si le pouvoir central peut intervenir partout et reste la base de l'unité politique de l'ensemble.

3 > **c.** Machiavel sépare bien la morale et la politique en montrant que cette dernière n'est qu'une technique qui peut être apprise et transmise. Cela veut dire que la politique suppose essentiellement des intérêts, des ambitions personnelles même s'ils peuvent être mis au service de tous.

4 > **c.** Cette formule de Plaute vise à montrer que sans règles communes les hommes vivent pour eux-mêmes en craignant pour leur vie qui est toujours menacée par les plus forts. C'est par la création des États que tous les hommes ont pu voir leur sécurité assurée et vivre dans ce qu'on a alors appelé une société (*socius*, associé) avec des valeurs communes.

5 > **a.** Si pour Hobbes, le contrat fondateur de la société suppose la soumission de tous au Léviathan pour assurer la paix civile, Rousseau considère au contraire que ce contrat est une association volontaire de tous pour le bien de chacun et qu'il a pour effet la liberté de tous les citoyens.

6 > **b.** L'État républicain pose des droits valables pour tous mais a le défaut aux yeux de Marx de ne pas changer les conditions sociaux-économiques qui sont les causes fondamentales des inégalités entre les hommes. Les citoyens sont égaux en droits mais, pas dans les faits et cette égalité formelle entretient l'illusion d'une véritable égalité.

7 > **c.** Si l'égalité républicaine est de droit, l'égalitarisme consiste à rechercher une égalité partout et ce faisant, à vouloir effacer toutes les différences entre les individus. S'appuyant sur un universalisme mal compris, cette approche nie les différences culturelles à tous les niveaux pour chercher une sorte de nivellement par le bas des niveaux de conscience. Les hommes doivent penser, agir de manières semblables et devenir identiques.

La justice

À revoir
OK

30

1 LA JUSTICE COMME INSTITUTION SOCIALE

- Selon **E. Kant**, « l'insociable sociabilité » des hommes, ruse de la nature pour parvenir à ses fins (développement de toutes les potentialités humaines) est à l'origine de rapports nécessairement conflictuels. La justice est l'institution régulatrice de ces rapports.

- Le droit est aussi un art du partage s'exerçant par le biais d'un juge indépendant. La puissance de sa parole vient de la reconnaissance de son rôle d'arbitre.

- La justice s'incarne dans des règles de réciprocité. Si un sujet est titulaire d'un droit, tout autre sujet dans la même situation aura le même, et les autres sujets leur sont redevables du devoir correspondant, la transgression impliquant une réparation symétrique.

- L'équilibre entre les pouvoirs exécutif et législatif est établi comme principe de toute société démocratique. Les parlementaires votent les lois, les jugent les interprètent et les font respecter. Le droit est extérieur au pouvoir politique car il s'applique également aux gouvernants.

- Le droit agit comme une législation externe au sujet agissant et s'appuie sur la force publique. La morale suppose une législation interne au sujet agissant, qui s'oblige de lui-même à bien agir.

À retenir

Les **fondements du droit** peuvent s'expliquer par plusieurs critères.

- La **norme transcendante** (Platon) : la justice du monde des Idées est un idéal de justice parfaite et universelle.
- La **raison humaine** (les Lumières) : le droit est l'expression de la capacité de l'être humain à se situer du point de vue de la rationalité universelle.
- La **volonté générale** (Rousseau) : les règles juridiques expriment la volonté générale définie par le contrat social ; les causes et effets sont la liberté et l'égalité.
- La **paix civile** (Épicure) : il est dans l'intérêt de chacun de respecter les lois pour la sécurité et la tranquillité de tous.
- La **nature** (Calliclès) : il est naturel de se soumettre au plus fort qui dicte sa loi, puisque la nature fonde toute justice.
- L'**intérêt d'une classe sociale** (Marx) : le droit positif n'a aucune légitimité, il n'est que l'expression des intérêts de la classe sociale dominante.

2 LA JUSTICE ENVERS UN CITOYEN JUSTE

- Pour **Aristote**, et plus tard **T. Hobbes**, le citoyen juste est celui qui respecte les lois et la répartition des biens, sans chercher à obtenir plus que ce qu'il doit posséder. La justice est morale car il est moral de souhaiter une société où les biens sont répartis de manière égale.

- Afin que la justice s'emploie à être juste envers les hommes, il lui faut les traiter avec équité. Les droits subjectifs dits naturels (droit à la santé, à l'éducation, au logement, etc.) sont ainsi assurés par le droit objectif (lois), les droits subjectifs précédant et orientant le contenu des lois.

3 QUEL TYPE D'ÉGALITÉ EST LE PLUS JUSTE ?

- La justice distributive s'appuie sur le constat que les hommes sont inégaux. Être juste consiste à donner à chacun ce qui est conforme à sa condition ou à son mérite. La justice vise une certaine harmonie fondée sur la proportionnalité entre les individus.

- La justice commutative reconnaît l'inégalité naturelle, mais cette dernière ne légitime ni l'inégalité institutionnelle, ni l'égalité proportionnelle, car :
  – chacun peut choisir, user de sa raison et de sa liberté (non déterminées par l'origine) ;
  – l'égalité proportionnelle est rarement acceptée et menace la paix sociale.

4 JUSTICE LÉGALE ET JUSTICE MORALE

- **B. Pascal** constate l'impossibilité de définir la justice morale par l'observation des droits existants dans les différents pays. En effet, « la coutume fait toute l'équité par cette seule raison qu'elle est reçue ». Les conceptions juridiques des pays proviennent de leur histoire.

- Selon **K. Marx**, la justice morale ne relève pas du droit, il est une illusion vitale permettant la domination de classe sous couvert de cohésion sociale et d'intérêt général.

- Le respect de la loi n'est pas la preuve d'un désir d'égalité ou de moralité. Grâce au mythe de l'anneau de Gygès, **Platon** se demande si l'obéissance aux lois n'est pas souvent motivée par la lâcheté, la puérilité ou la peur des sanctions.

- L'égalité est le critère fondamental de la légalité. Les lois favorisant un ordre juste sont celles qui se rapprochent le plus de l'impératif pratique kantien (*cf.* devoir) et c'est sans conteste l'égalité indistincte qui l'exprime vraiment.

En perspectives

Auteurs

Aristote, Platon, Pascal, Kant, Rousseau, Alain, Marx

Notions liées

L'État, Le devoir, La liberté, La nature

La justice

1. L'existence humaine et la culture

- Il n'y a pas de justice morale universelle.
- La justice morale doit orienter le droit.

2. La morale et la politique

- Le droit est garant de la cohésion sociale.
- Il y a séparation des pouvoirs dans les régimes démocratiques.
- Le droit n'est pas de la morale.
- Un citoyen juste respecte les lois.
- Distinguer les droits subjectifs et objectifs.
- Distinguer les justices distributive et commutative.

3. La connaissance

- Une des origines du droit est la science juridique, à savoir une science humaine permettant de mieux connaître et comprendre le fonctionnement du droit et les principes qui le renouvellent sans cesse.

Pour réussir le jour J !

Œuvres

- *Gorgias*, PLATON.

Dans ce dialogue portant sur la justice, Socrate se demande s'il vaut mieux commettre ou subir une injustice.

- *Éthique à Nicomaque*, ARISTOTE.

L'élève de Platon s'interroge ici sur les fondements et l'exercice de la morale, pour ce faire, il se doit d'aborder les problèmes de droit et de justice.

Vocabulaire

- **Norme, règle, axiome** : ces trois concepts, même s'ils peuvent provenir de domaines différents, (mathématique, logique, morale) s'appliquent tous au droit et montrent des contraintes objectives fixées par la justice.

- **Jurisprudence** : ce sont des décisions prises par des juges à l'issue d'une interprétation spécifique d'une loi, et sur lesquelles d'autres juges peuvent s'appuyer pour rendre un jugement. Faire jurisprudence signifie qu'un jugement d'un tribunal est repris, appliqué par d'autres tribunaux, et qu'un avocat peut légitimement s'y référer pour sa plaidoirie.

- **Législateur** : c'est l'institution qui vote les lois. En France, c'est le parlement : l'Assemblée nationale et le Sénat.

- **Droit subjectif** et **droit objectif ou positif** : le droit subjectif, aussi appelé naturel, considère que tout homme a naturellement des droits (liberté, santé, éducation, etc.) qui doivent être reconnus. Le droit positif ou objectif est celui que fixe, énonce la loi, que nul n'est sensé ignorer mais qui évolue, change selon les époques.

- **Justice distributive** et **justice commutative** : la justice distributive circonscrit ce que chacun doit recevoir ou donner proportionnellement selon ses mérites ou sa condition sociale. La justice commutative se base sur le principe d'égalité qui implique qu'à chacun est due la même chose de manière indistincte malgré les différences naturelles existantes entre chaque individu.

LA JUSTICE

1 Qui fait la loi dans notre société ?

- ☐ **a.** Les juges.
- ☐ **b.** Les policiers.
- ☐ **c.** Les parlementaires.

2 Sur quoi le mythe de l'anneau de Gygès permettait-il de s'interroger ?

- ☐ **a.** L'origine de l'égalité des droits.
- ☐ **b.** La légitimité de la justice.
- ☐ **c.** Les causes de l'obéissance.

3 Quel philosophe fait référence à la notion de droit de classe ?

- ☐ **a.** Hobbes.
- ☐ **b.** Épicure.
- ☐ **c.** Marx.

4 Les droits subjectifs se distinguent ... :

- ☐ **a.** des lois.
- ☐ **b.** de la force.
- ☐ **c.** des droits objectifs.

5 Quel est le symbole de la justice ?

- ☐ **a.** Le sabre.
- ☐ **b.** La balance.
- ☐ **c.** Le chêne.

6 Outre la paix sociale, qu'est-ce qui justifie l'égalité indistincte ?

- ☐ **a.** L'égale dignité des hommes.
- ☐ **b.** La nature.
- ☐ **c.** Le bon sens.

7 Sur quoi repose le droit des hommes selon Pascal ?

- ☐ **a.** L'autorité politique.
- ☐ **b.** La morale.
- ☐ **c.** La coutume.

Corrigés au verso

Corrigés

1 > **c.** Dans une démocratie ce sont naturellement les représentants du peuple qui font la loi, les policiers et les magistrats ayant pour rôle essentiel de la faire respecter, les juges ne faisant au mieux que l'interpréter. En France, ce sont les sénateurs et les députés qui discutent un projet de loi, l'amendent ou le corrigent et votent ensuite son rejet ou son application.

2 > **c.** Un anneau permettant de devenir invisible supposerait que l'on puisse faire n'importe quoi sans risque d'être condamné(e). Ce mythe existe dans de nombreuses cultures et oblige à s'interroger sur la valeur morale des actions légales. Platon va jusqu'à se demander s'il vaut mieux bien agir et être jugé coupable ou mal agir et être reconnu innocent.

3 > **c.** Pour Marx, la justice dans nos sociétés défend essentiellement les intérêts de la classe dominante. Mais pour paraître neutre, le droit se fait formel et pose comme principe que tous les hommes sont égaux en droits sans jamais s'interroger sur les inégalités économiques et leurs conséquences sociales néfastes entraînant la violence.

4 > **c.** Le droit objectif ou positif est celui que la loi reconnaît et qui varie selon les États, les pays et les sociétés. Le droit subjectif qu'on a appelé aussi naturel repose quant à lui sur des valeurs que l'on peut estimer universelles.

5 > **b.** C'est bien la balance qui symbolise la justice : elle cherche un équilibre pour juger des faits et reconnaître *in fine* les coupables et victimes. Le juste équilibre du procès ne consiste jamais à favoriser l'un aux dépens de l'autre.

6 > **a.** L'égalité indistincte part du principe fondamental d'une égalité de dignité entre les hommes quelles que soient leurs différences intellectuelle, physique, morale ou sociale. Ainsi, les inégalités naturelles ne justifient pas une inégalité juridique ou institutionnelle qui serait une forme de mépris.

7 > **c.** Pascal a recherché un droit universel et donc valable dans tous les pays du monde. Il est obligé, selon lui, de constater qu'il y a autant de droits que de pays, la conception et la pratique du droit provenant essentiellement de leur histoire et donc de la coutume transmise.

Le devoir

À revoir
OK

32

1 LE RESPECT DES INTERDITS ORIGINELS

- Le meurtre est, selon **S. Freud**, l'un des deux interdits judéo-chrétiens fondateurs de nos sociétés. Avec les Grecs et les Romains, la vie humaine n'avait de valeur que pour les citoyens. Avec le christianisme, le non-respect de cet interdit remet en cause la légalité, il constitue surtout un crime contre l'humanité.

Citation

« Ce qui fait que l'homicide est aujourd'hui prohibé sous la menace des peines les plus fortes dont disposent nos codes, c'est que la personne humaine est l'objet d'un respect religieux qui, jadis, s'attachait à tout autres choses. » É. Durkheim, *Leçons de sociologie*.

- Le second interdit est l'inceste. Selon **C. Lévi-Strauss**, son origine n'est ni naturelle ni liée à une connaissance des dangers des croisements endogamiques, mais s'appuie sur l'utilité première de l'échange, base de l'institution matrimoniale et condition de survie du groupe s'ouvrant ainsi à l'altérité. En outre, l'inceste rompant la chaîne des générations, le respect de son interdit est un devoir universel fondateur de l'humanité.

2 OBLIGATIONS SOCIALE ET POLITIQUE

- Dans les sociétés archaïques, l'échange est présenté par **M. Mauss** comme un « fait social total » engageant la totalité de l'être. Au sein de ces sociétés, les droits, les biens et même les personnes circulent selon un mécanisme de prestations et de contre-prestations. Ce système est obligatoire aussi bien pour le don, que pour le contre-don, tout manquement à ce devoir entraînant un conflit. L'obligation de recevoir est aussi contraignante. Enfin, le devoir de rendre le don est impératif car qui ne s'y soumet pas perd son rang et sa condition d'homme libre. Il y a donc un triple devoir : donner, accepter de recevoir, rendre.

- En 1961, lors du procès du criminel nazi Adolf Eichmann, **H. Arendt** explique pourquoi l'obéissance conçue comme devoir absolu engendre l'absence d'interrogation sur les fins visées, et permet d'accepter des actes immoraux. Lorsque le groupe prévaut sur l'individu, celui-ci a tendance à obéir aux ordres et ne se sent responsable de rien, même pas des crimes les plus odieux.

● Selon **T. Hobbes**, ce qui légitime le respect des lois au sein d'un État est l'assurance que ce dernier saura préserver la vie et la sécurité de tous ses citoyens. Si dans l'état de nature l'homme est « un loup pour l'homme » (Plaute), il devient un demi-dieu lorsqu'apparaît une société où chacun est un citoyen protégé. Comme le dit **J.-J. Rousseau**, la loi libère les hommes des rapports de force, les citoyens vivant alors libres grâce aux lois votées démocratiquement.

● C'est pourquoi, toute forme de désobéissance semble intolérable dans un État légitimement institué. Le principe de désobéissance civile, théorisé par **H. D. Thoreau**, n'est pas un droit reconnu au sein d'un système démocratique, même s'il peut se justifier par des valeurs que l'on estime supérieures (voir Antigone). Si cet État ne protège plus la vie de ses citoyens en privilégiant ses seuls intérêts, la rébellion devient justifiée selon Hobbes.

Info

Antigone est un personnage de fiction issu de la tragédie grecque, qui s'oppose à son souverain en enterrant son frère à qui on refuse toute sépulture digne de ce nom.

3 AGIR SELON LE DEVOIR MORAL (KANT)

● Un homme ne doit pas attendre l'injonction d'une règle venant de l'extérieur (loi civile ou règle sociale), mais se donner à lui-même une maxime (principe subjectif) rationnelle ayant une valeur universelle. Pour qu'un devoir soit moral, il est nécessaire, selon **E. Kant**, que la volonté de l'accomplir soit l'unique source de l'action humaine. La volonté déterminée par elle-même est la volonté déterminée par la loi morale qui découle de la raison. Ainsi, « la majesté du devoir », c'est la possibilité de nous considérer comme indépendants d'un déterminisme naturel ou d'une règle sociale : il s'agit d'une action libre.

Citation

« Agis uniquement d'après la maxime qui fait que tu peux vouloir en même temps qu'elle devienne une loi universelle. » E. Kant, *Fondements de la métaphysique des mœurs*.

● Par son caractère intelligible, le sujet moral agit librement à partir des lois de sa seule raison. L'impératif catégorique (loi morale) impose au sujet moral d'agir comme un sujet universel. À l'inverse, l'impératif ou devoir hypothétique n'a rien de moral, il n'est qu'une condition pratique pour atteindre un but (si je veux quelque chose, je dois faire cela). Le devoir moral est un impératif indiscutable (« tu dois »), universalisable (tout homme devrait en faire autant) et désintéressé.

En perspectives

33

Auteurs

Freud, Arendt, Durkheim, Hobbes, Lévi-Strauss, Kant, Mauss, Plaute, Rousseau, Thoreau

Notions liées

justice, bonheur, conscience, liberté, État

Le devoir

1. L'existence humaine et la culture

- Le meurtre et la prohibition de l'inceste sont les deux interdits fondamentaux de toute société.

2. La morale et la politique

- Le devoir peut être une obligation sociale et politique.
- L'obéissance à des ordres immoraux peut être malheureusement pris comme un devoir catégorique.
- Les lois votées démocratiquement libèrent l'homme d'un état de nature où prévalent les rapports de force.
- Le devoir moral est la plus haute expression de la liberté humaine.
- Ne pas confondre un acte conforme à un devoir (extérieur ou imposé) et un acte fait par devoir qui, lui, est moral.

3. La connaissance

- Il nous faut avoir connaissance des lois du pays dans lequel nous vivons pour les respecter.

Pour réussir le jour J !

Œuvres

- Kant, *Les fondements de la métaphysique des mœurs*, 1785.
C'est une œuvre essentielle pour comprendre le devoir moral et notamment la distinction entre une action conforme à un devoir et celle faite par devoir, seule action morale véritable selon l'auteur.

- Arendt, *Eichmann à Jérusalem : Rapport sur la banalité du mal*, 1963.
Dans cet ouvrage, qui a alimenté de nombreuses polémiques, Hannah Arendt tente de comprendre comment un devoir moral a pu être complètement perverti au point que de nombreux hommes en ont oublié leur responsabilité personnelle.

Vocabulaire

- **Déontologie** : c'est l'ensemble des devoirs et des règles liés à une profession. Elle concerne les médecins ou avocats par exemple et les oblige à respecter certaines règles au risque d'être sanctionnés par leur pairs (ordre des médecins et avocats), voire par l'institution judiciaire.

- **Maxime** : il s'agit d'un principe subjectif et moral, c'est-à-dire personnel, que nous nous imposons à nous-mêmes. Elle doit pouvoir être universalisée et appliquée par chaque homme. Par exemple, je peux m'imposer à moi-même d'apporter de l'aide à toute personne qui semblerait en avoir besoin et qui me solliciterait ou non. Aucune loi ne m'y impose (excepté le principe de non-assistance à une personne en danger physiquement), toutefois il peut s'agir d'une maxime, d'un devoir moral que tout à chacun peut s'approprier, devenant ainsi un principe universel.

- **Impératif** : il ne faut pas confondre un impératif hypothétique qui n'est finalement qu'utilitaire ou intéressé (si je veux ça, alors je dois faire ça) et un impératif catégorique, seul impératif vraiment moral et universalisable qui oblige sans condition (« tu dois ! »).

LE DEVOIR

1 Selon Marcel Mauss, le système des dons réciproques est ... :

- ☐ a. un fait social total.
- ☐ b. un impératif économique.
- ☐ c. une obligation juridique.

2 Aux yeux de Hannah Arendt, Eichmann est ... :

- ☐ a. un soldat ignorant.
- ☐ b. un bureaucrate banal.
- ☐ c. un assassin pervers.

3 Qui a théorisé la formule de Plaute : « l'homme est loup pour l'homme » ?

- ☐ a. Aristote.
- ☐ b. Kant.
- ☐ c. Hobbes.

4 Quelle est, selon Hobbes, la première raison justifiant la création d'un État ?

- ☐ a. Le bonheur du plus grand nombre.
- ☐ b. La sécurité de tous.
- ☐ c. La liberté pour chacun.

5 Quel philosophe a théorisé la désobéissance civile ?

- ☐ a. Rousseau.
- ☐ b. Hobbes.
- ☐ c. Thoreau.

6 Qu'est-ce qu'un principe subjectif d'action ?

- ☐ a. Une maxime.
- ☐ b. Une règle imposée.
- ☐ c. Un ordre donné.

7 De quoi se distingue un impératif hypothétique ?

- ☐ a. D'un désir immédiat.
- ☐ b. D'un souhait.
- ☐ c. D'un impératif catégorique.

Corrigés au verso

Corrigés

1 > **a.** Mauss montre grâce à son étude du fameux potlatch des amérindiens que tout échange de biens n'est pas seulement économique mais a une valeur psychologique, sociale, juridique, politique et même religieuse au sens d'un lien magique entre le bien et l'individu qui donne ou reçoit.

2 > **b.** Eichmann n'avait pas le pouvoir de prendre des décisions politiques engageant l'Allemagne. S'il était tout de même responsable de toute l'organisation des transports vers les camps de la mort, sa responsabilité se limitait à son aspect administratif. S'il savait où les victimes allaient et pourquoi, il n'a tué personne et comme des millions d'autres, n'a fait qu'obéir aux ordres en confondant son devoir de soldat avec un devoir moral. Si le mal auquel il a participé n'a rien de banal, la banalité était celle d'un homme faisant chaque jour son travail sans se sentir responsable de ses conséquences.

3 > **c.** L'état de nature peut être caractérisé par l'absence d'État et donc d'un pouvoir pouvant imposer des règles communes. C'est donc une situation terrible où les plus forts dominent les plus faibles et dans laquelle la vie de chacun est sans cesse menacée.

4 > **b.** C'est bien la sécurité de tous qui justifie la création des États selon Hobbes puisque sans État chacun vit dans la peur constante de mourir.

5 > **c.** La désobéissance civile n'est possible que dans un régime démocratique et si elle peut parfois être moralement légitime, elle ne peut jamais être un droit puisqu'une loi démocratique suppose par principe son respect.

6 > **a.** Une maxime est une règle d'action que l'on se donne à soi-même et qui, pour être morale doit pouvoir être respectée et appliquée par tout homme. Une maxime est donc morale seulement lorsqu'elle est universalisable.

7 > **c.** Un principe hypothétique repose simplement sur l'hypothèse (si…) d'un but et du moyen (alors…) pour l'atteindre. Un principe devient au contraire catégorique lorsqu'il repose sur une loi qui s'impose quels que soient mon désir ou mon intérêt. Nous ne sommes plus dans une simple hypothèse mais dans un devoir ("tu dois") que l'on se donne à soi-même et qui devrait être respecté par tout homme dans la même situation.

La liberté

À revoir
OK

34

1 AUCUNE LIMITE À LA LIBERTÉ

- **R. Descartes** affirme que la volonté humaine est infinie. À l'inverse, notre entendement est limité et n'est donc pas capable d'expliquer notre volonté, qui le dépasse. S'il essaie de la saisir en la fragmentant, comme il le ferait d'un problème théorique, il s'éloigne de toute possibilité de la comprendre, car cette dernière, parce qu'elle est infinie, est indivisible.

- Ce décalage entre volonté infinie et entendement limité est à l'origine d'erreurs. Notre volonté peut refuser la vérité, malgré ce que l'entendement lui présente. Cette erreur est ainsi la preuve de notre liberté. À l'inverse, un animal ne se trompe pas grâce à son instinct et n'est donc pas libre.

- **Descartes** décrit, par ailleurs, le doute systématique comme une puissance infinie de résistance et une façon pour l'homme d'exercer sa liberté de penser. Aucune manipulation (malin génie), illusion, séduction idéologique, ne seront assez puissantes pour égaler et surpasser la liberté d'un esprit qui doute.

- Notre libre arbitre exprime un pouvoir absolu de décision, qui s'éprouve dans le choix. **Descartes** utilise la métaphore des promeneurs égarés dans une forêt pour montrer les choix nécessaires dans la vie des hommes, la liberté d'indifférence étant, pour l'auteur, le plus bas degré de liberté.

2 UNE LIBERTÉ ILLUSOIRE

- Pour **P. Bourdieu**, nos choix semblent libres mais sont influencés par nos origines sociales et notre éducation. Le choix des études supérieures, d'une profession, nos goûts esthétiques sont le produit d'un déterminisme social (habitus de classes).

- Selon **Spinoza**, l'orgueil pousse l'homme à se croire « dans la nature comme un empire dans un empire » (*Éthique*, III), comme si sa volonté était toute-puissante. Pourtant, on peut consentir à quelque chose par nécessité, par faiblesse et non par choix délibéré. Par exemple, on peut travailler uniquement par nécessité vitale et sociale. Ainsi, pour **Freud**, ce que nous estimons être un choix libre n'est que le résultat d'un principe de réalité qui restreint nos possibilités.

3 LES DÉTERMINISMES : ABSENCE DE FATALITÉ

- Un déterminisme est une relation plus ou moins nécessaire entre une cause et un effet. Il permet d'exercer notre liberté : puisque si nous avons connaissance d'une cause, nous pouvons essayer d'en modifier les effets. Le déterminisme s'oppose en cela au fatalisme, sous l'angle duquel nous subissons notre destin et sommes incapables de le changer.

- Dans le domaine intellectuel, l'approche déterministe est obligée de laisser place à la liberté du penseur, sous peine de faire émerger des contradictions insurmontables. Si tout était déterminé, un scientifique ne pourrait justifier l'existence de ses théories. L'enseignement reçu par **Einstein** et ses rencontres ont été essentiels pour l'élaboration de sa théorie.

4 UN ESPRIT ÉCLAIRÉ EST LIBRE

- Grâce à son entendement, l'homme peut orienter sa liberté dans la recherche de la vérité et du bien. Si l'erreur est signe de liberté, ce n'est cependant qu'une preuve négative de celle-ci et il faut incontestablement lui préférer un jugement valide. La modestie et l'honnêteté du scientifique qui préfère se taire que d'affirmer une chose fausse expriment ainsi son exigence intellectuelle et sa liberté de conscience.

- Il serait par ailleurs naïf de penser que nous pouvons agir sans raison. L'acte gratuit décrit par **A. Gide** dans *Les Caves du Vatican*, n'est autre que l'acte d'un faible : son personnage tue un vieillard pour se prouver qu'il est libre, alors que son acte révèle son impuissance à savoir pourquoi il agit et devient un prétexte inconscient. Ainsi, tout acte est d'autant plus libre que le sujet agissant en a conscience et l'assume lucidement.

5 LES VALEURS MORALES

- S'il ne peut y avoir de liberté sans responsabilité, l'inverse est également vrai. La responsabilité suppose un choix volontairement assumé. Il n'y aurait en effet ni morale ni justice, ni devoir, ni droit pour un être dont les actes seraient complètement déterminés et lui échapperaient nécessairement.

- Pour **E. Kant**, la possibilité de respecter une loi morale détache l'homme de sa nature et montre sa liberté. Toutefois, il n'y a pas d'évidence pour une volonté morale, ce qui suppose une exigence envers soi. Chaque situation exprime la qualité morale de nos décisions, pour que la liberté ne soit pas uniquement de principe mais effective : c'est toute la vie d'un homme qui doit être bonne.

35 En perspectives

Auteurs

Descartes, Kant, Spinoza, Bourdieu, Freud, Gide

Notions liées

conscience, nature, devoir, état, art

La liberté

1. L'existence humaine et la culture

- La volonté des hommes est infinie, mais leur entendement est limité (Kant).
- Le fait de douter est une preuve de la liberté humaine (Descartes).
- Le libre-arbitre permet aux hommes de choisir.
- Nos choix sont influencés par des déterminismes sociaux (Bourdieu).
- Nos choix doivent faire face à un principe de réalité (Freud).
- Toute action peut avoir une cause ignorée, inconsciente.

2. La morale et la politique

- La liberté implique d'être responsable.
- Aucune valeur morale n'est possible sans une liberté fondatrice (Kant).

3. La connaissance

- La limite de l'entendement humain est source d'erreurs.
- Le déterminisme n'est pas le fatalisme, il nous permet de choisir, car nous avons connaissance de la cause et pouvons en modifier les effets.
- Toute pensée suppose la liberté du penseur.
- Lorsque notre volonté est éclairée, elle renforce notre liberté.

Pour réussir le jour J !

Œuvres

- ÉPICTETE, *Manuel*, 125 av. J.-C.
Épictète est un esclave affranchi qui a fortement influencé la pensée de tous les stoïciens, notamment leur conception de la liberté, et l'exigence rationnelle et morale qu'elle suppose.

- DESCARTES, *Correspondance avec Élisabeth et autres lettres*, 1649.
Descartes a beaucoup correspondu dans sa vie notamment avec des reines, des jésuites et des savants. Dans ses lettres, il répond souvent à ses interlocuteurs en s'interrogeant lui-même sur la portée morale et pratique de sa philosophie.

Vocabulaire

- **Déterminisme** : c'est une relation de cause à effet. Dans les sciences exactes, la relation est nécessaire car une loi la rend universelle, alors que dans les sciences humaines, l'homme empêche souvent toute nécessité car sa liberté le rend imprévisible.

- **Contingence** : c'est ce qui n'est pas nécessaire et est donc aléatoire. Un rapport contingent est un rapport qui aurait pu être autre et n'a donc aucune nécessité.

- **Responsabilité** : la responsabilité concerne à la fois l'action d'un individu et les conséquences de celle-ci. Un individu est libre parce qu'il assume ses actes et tous leurs effets.

- **Fatalisme** : c'est une doctrine philosophique ou religieuse qui affirme que tout ce qui arrive est inéluctable. On ne peut que subir passivement ce qui arrive et arrivera, puisque l'homme n'a aucune possibilité, aucun pouvoir pour changer le monde et la réalité.

- **Autonomie** : l'autonomie est la possibilité qu'a l'homme de se donner lui-même des règles de conduite et donc d'orienter sa propre vie.

- **Aliénation** : en philosophique, il désigne une absence de liberté (*alienus*, autre que soi) puisqu'un individu aliéné par exemple dans son travail est traité comme une chose. Le summum de l'aliénation est lorsque l'on ne s'aperçoit pas de son aliénation, un peu comme un aliéné mental qui n'a pas conscience de sa démence.

Je me teste sur...

LA LIBERTÉ

1 L'erreur est ... :

- ▢ a. une faute.
- ▢ b. impossible.
- ▢ c. humaine.

2 Dans la pratique, ne pas choisir est ... :

- ▢ a. un choix.
- ▢ b. un plaisir.
- ▢ c. possible.

3 Pour Spinoza, l'homme se croit comme un empire dans ... :

- ▢ a. un bocal.
- ▢ b. un empire.
- ▢ c. une prison.

4 Qu'est-ce qui se rattache (illusoirement) à la perfection du libre-arbitre ?

- ▢ a. La soumission.
- ▢ b. L'acte gratuit.
- ▢ c. L'opposition.

5 Pour que notre volonté avance plus sûrement, elle doit être ... :

- ▢ a. accompagnée.
- ▢ b. précédée.
- ▢ c. éclairée.

6 La liberté implique nécessairement ... :

- ▢ a. l'absence de contraintes.
- ▢ b. le refus de tout principe.
- ▢ c. la responsabilité de ses actes.

Corrigés au verso

Corrigés

1 > **c.** Toute erreur est l'expression d'un mauvais jugement et provient donc de notre volonté qui s'est précipitée et n'a pas été attentive à la raison. L'erreur est donc profondément humaine, ce qui ne veut pas dire qu'elle soit toujours négative puisqu'on sait que de nombreuses erreurs ont permis des découvertes dans de multiples domaines.

2 > **a.** Dans la pratique ou l'action, il est impossible d'être neutre et de n'être responsable de rien. Un homme qui par exemple ne prend parti pour aucune idée ou décision politiques et croit ainsi n'avoir pas à assumer les conséquences d'un mauvais choix se trompe profondément : son refus de choisir est bien un acte de sa volonté. Le choix de la neutralité est toujours un choix libre.

3 > **b.** Pour Spinoza, c'est une attitude à la fois vaine et orgueilleuse de se croire libre dans un monde complétement déterminé.

4 > **b.** L'acte gratuit n'existe pas puisqu'il repose sur l'idée naïve selon laquelle on peut agir sans raison assumée ou même sans cause inconsciente lui donnant un sens. Or, lorsqu'on cherche les raisons d'une mauvaise action, on trouve toujours une cause sociale ou familiale inavouée ou non reconnue. En ce sens, Sartre dirait qu'un acte gratuit est l'expression de la mauvaise foi.

5 > **c.** Descartes montre d'abord que la volonté des hommes est cause et même preuve de leur liberté. Pour autant, affirmer que $2 + 3 = 7$ est d'une certaine façon un acte de liberté mais d'une liberté négative et incapable de se justifier. Descartes montre clairement qu'il y a des degrés de liberté et que la liberté la plus haute est bel et bien éclairée par la raison.

6 > **c.** Si l'on peut légitimement parler de liberté avec les droits qui l'accompagnent, il est tout aussi nécessaire logiquement de parler de devoir c'est-à-dire de l'obligation qu'a tout homme d'assumer les conséquences de ses actes libres. Il serait incohérent d'affirmer sa liberté et en même temps de refuser sa responsabilité.

Le bonheur

À revoir
OK

36

1 LE BONHEUR COMME SOUVERAIN BIEN

● Selon **Aristote**, toute l'activité humaine ne vise que le bonheur, mais seul le sage, qui veut élever son esprit, représente le bonheur le plus louable pour l'humanité. Il ne poursuit aucun intérêt extérieur et n'utilise pas son intelligence pour dominer les autres.

Citation

« Ce qui est propre à l'homme, c'est donc la vie de l'esprit, puisque l'esprit constitue essentiellement l'homme. Une telle vie est également parfaitement heureuse. »
Aristote, *Éthique à Nicomaque*.

● Si la vie pratique et politique est inférieure à la vie contemplative, elle est aussi la condition du bonheur de l'érudit. L'étude désintéressée n'est possible que dans une société apaisée. Il y a donc un lien entre la société et la vie contemplative, entre la paix sociale et le bonheur du penseur. C'est pourquoi, pour **A. Camus**, le sage est « solitaire et solidaire ensemble ». L'activité intellectuelle personnelle est une participation à ce que l'humanité a de plus élevé.

2 LE STOÏCISME

● Pour les stoïciens, être heureux signifie désirer les choses telles qu'elles sont. Ce consentement n'est pas une résignation, mais la prise de conscience que le bonheur dépend du jugement de notre volonté. Les stoïciens estiment qu'il n'y a pas de bonheur possible sans vertu (accomplissement parfait d'une fonction naturelle ou pratique). La vertu d'un homme est de faire bon usage de sa raison pour bien penser et agir.

● Pour les stoïciens, nous possédons une liberté intérieure qui s'appuie sur le bon usage des représentations s'offrant à notre esprit, mais n'en dépendant pas (par exemple, le temps qu'il fait). Au lieu de subir ces représentations, il s'agit de les accepter, de les juger librement et d'y être indifférent(e). Mon assentiment est libre et peut me rendre heureux.

3 *LETTRE À MÉNÉCÉE* (ÉPICURE)

● Pour **Épicure**, le bonheur est essentiel : « lorsqu'il est à nous, nous avons tout, et quand il nous manque, nous faisons tout pour l'avoir ». L'épicurisme est une invitation à faire un usage raisonnable de notre pensée pour identifier ce qui nous rend heureux, et ce qui nous permettra d'atteindre l'ataraxie (absence de troubles pour l'âme). La philosophie n'est qu'une étape vers la découverte du plaisir.

- Toutefois, si la philosophie enseigne l'apprentissage du plaisir, elle nous apprend avant tout le bon usage de ce dernier. Pour cela, il faut essayer de se contenter de peu de choses. L'absence d'excès amène à une juste mesure du plaisir celui-ci permettant la stabilité de l'âme.

4 LE BONHEUR : UN IDÉAL DE L'IMAGINATION

- En opposition aux conceptions eudémonistes du bonheur (le bonheur considéré comme but universel), **E. Kant** montre que ce dernier ne peut être défini et appliqué de manière identique pour tous. Chaque homme n'aspire pas à la même chose, et il n'est pas l'unique résultat de notre volonté. Il est donc « un idéal, non de la raison mais de l'imagination ».

- Si la vertu est une qualité appartenant à la volonté morale, le bonheur est régi par les lois de la nature. Aussi, être vertueux n'engendre aucune promesse de bonheur. Cependant, vertu et bonheur ne sont pas incompatibles. Ainsi, il ne faut pas rechercher le bonheur par pur égoïsme, au risque de devenir « un salaud heureux » (**J.-P. Sartre**). Pour **Kant**, en agissant bien, un homme peut ressentir un certain contentement à se sentir digne de son humanité.

5 LA VIE COMME CRÉATION JOYEUSE (BERGSON)

- Pour **Bergson** la création au sens large engendre la joie, parce qu'elle est cause et conséquence d'elle-même et n'a aucun besoin d'être justifiée. Elle est associée à la vie comme création incessante de soi. Si la naissance est déjà une création, continuer à inventer, à imaginer sa vie, c'est poursuivre un « élan vital » (Bergson). La joie est en elle-même créatrice, ouverture à l'autre, au monde, capacité infinie à le comprendre, à le transformer.

Citation

« si [...], dans tous les domaines, le triomphe de la vie est la création, ne devons-nous pas supposer que la vie humaine a sa raison d'être dans une création qui peut, à la différence de celle de l'artiste et du savant, se poursuivre à tout moment chez tous les hommes ? »
H. Bergson, *L'Énergie spirituelle*.

- Quand il n'y a pas de joie, il y a parfois des petits plaisirs qui sont souvent mesquins et destructeurs. Un désir, au contraire, ne connaît pas de limite et demande toujours à se diversifier. Une âme joyeuse est donc créatrice de joie. C'est vrai pour la création artistique, mais aussi pour la vie elle-même qui peut devenir joyeuse.

37

En perspectives

Auteurs

Aristote,
les stoïciens, Épicure,
Kant, Bergson

Notions liées

désir, art,
nature, liberté,
temps, devoir

Le bonheur

1. L'existence humaine et la culture

- Le sage aristotélicien est un modèle spirituel de bonheur.
- Le bonheur dépend de mon jugement sur la réalité.
- Le bonheur peut être compris comme un plaisir sobre provenant d'un désir naturel.
- La vie comme création de soi engendre la joie : celle-ci n'étant pas réductible à un simple plaisir

2. La morale et la politique

- Le bonheur se distingue de la morale.

3. La connaissance

- Le savoir désintéressé rend heureux.

Pour réussir le jour J !

Œuvres

- SÉNÈQUE, *De la vie heureuse*, 58 ap. J.C.

Le stoïcien Sénèque s'interroge dans cet ouvrage sur le bonheur que recherchent tous les hommes. Il leur reproche de confondre le souverain bien et les plaisirs immédiats, peu louables.

- MILL J-S, *L'utilitarisme*, 1863.

Dans cet ouvrage, Mill défend une thèse que beaucoup d'auteurs, considérés comme libéraux, vont reprendre et généraliser notamment dans le domaine de l'économie : le principe de moralité et de bonheur est l'utilité.

Vocabulaire

- **Hédonisme** : conception qui considère le plaisir comme une valeur morale. Si l'on peut considérer les épicuriens comme des hédonistes, il faut tout de même se rappeler qu'ils n'acceptaient pas tous types de plaisirs (surtout ceux qui ne sont ni naturels, ni nécessaires). Ils rejetaient aussi les plaisirs immédiats et sans limite. À l'inverse, Aristippe de Cyrène les prônait.

- **Eudémonisme** : doctrine qui considère le bonheur comme finalité ou valeur suprême de la vie. C'est une conception assez générale chez les Anciens et qui a été remise en cause par Kant. Ce dernier considère, en effet, que la valeur morale prime sur le bonheur.

- **Vertu** : pour les Grecs, c'est une force et la qualité essentielle d'un être. Toute chose a alors sa vertu propre, la terre sa fertilité, le couteau son tranchant. La vertu est donc l'accomplissement parfait de la fonction d'une chose ou d'un être vivant. Pour un homme, être vertueux consiste à faire un bon usage de sa raison, puisque c'est ainsi qu'il peut vraiment mettre en action ses capacités d'homme.

- **Souverain bien** : c'est le bien considéré comme un absolu, ne dépendant de rien d'autre et ayant donc sa valeur en lui-même. Si l'on pense que le bonheur est un souverain bien, cela signifie qu'il ne dépend pas de causes matérielles ou extérieures, mais qu'il est un état de bien-être intérieur se suffisant à lui-même.

Je me teste sur...

LE BONHEUR

1 Que faut-il au sage selon Aristote pour exercer son activité ?

- ☐ a. De l'argent.
- ☐ b. Du loisir.
- ☐ c. Du pouvoir.

2 Le sage est un ... :

- ☐ a. contemplatif.
- ☐ b. rêveur.
- ☐ c. décideur.

3 Comment les stoïciens appellent-ils ce qui ne dépend pas de moi ?

- ☐ a. L'infortune.
- ☐ b. Les indifférents.
- ☐ c. Le manque.

4 Comment, avec d'autres, Épicure nomme-t-il l'absence de trouble ou d'excès ?

- ☐ a. La piété.
- ☐ b. La félicité.
- ☐ c. L'ataraxie.

5 Quelle est selon Épicure la vertu nécessaire au plaisir quotidien ?

- ☐ a. La prudence.
- ☐ b. La méfiance.
- ☐ c. La patience.

6 Pour Kant, le bonheur est un idéal de ... :

- ☐ a. la raison.
- ☐ b. la sensibilité.
- ☐ c. l'imagination.

7 Pour Kant, il faut être ... :

- ☐ a. content de vivre.
- ☐ b. parfaitement heureux.
- ☐ c. digne d'être heureux.

Corrigés au verso

Corrigés

1 > **b.** Il ne faut surtout pas donner au loisir la signification qu'on lui donne de nos jours car les grecs ne l'associaient pas à l'absence de travail, mais à l'absence de contrainte extérieure. Autrement dit, le sage travaille, c'est-à-dire a une activité de réflexion qui demande beaucoup de temps et qui ne peut se développer sous une contrainte quelconque.

2 > **a.** Là aussi il faut se méfier d'une forme d'anachronisme en donnant au terme de contemplatif une signification actuelle. Le sage aristotélicien n'est ni un religieux ni un rêveur, mais un penseur qui réfléchit et essaie de comprendre le monde de façon désintéressée. Il ne doit pas alors non plus être confondu avec un intellectuel engagé parce qu'il reste volontairement un peu en retrait de la société.

3 > **b.** Ce qui dépend de moi, c'est l'usage rationnel de ma volonté, ce qui signifie que tout ce sur quoi je n'ai aucune influence m'est indifférent. En revanche, mon jugement sur eux m'est tout à fait propre et dépend donc bien de moi, ce qui montre ma liberté même lorsque l'objet sur lequel porte mon jugement m'échappe complètement.

4 > **c.** Cette absence de trouble de l'âme repose non pas sur l'excès et encore moins sur le refus des désirs, mais sur leur juste mesure. Il s'agit de trouver une harmonie spirituelle (ataraxie) et un bien-être corporel (aponie) afin d'exprimer au mieux notre plaisir de vivre.

5 > **a.** La prudence dans la vie quotidienne est une vertu tout à fait pratique qui vise à choisir ce qui est bon pour notre humanité et à écarter ce qui la rabaisse.

6 > **c.** On ne peut définir le bonheur en lui donnant des propriétés universalisables puisque chacun l'imaginera différemment selon sa culture, ses aspirations et ses désirs. On ne peut donc le définir et donc lui donner un contenu précis valable pour tous.

7 > **c.** Si le bonheur n'est pas définissable conceptuellement et restera toujours un idéal de notre imagination, la conséquence est que mon idéal peut n'avoir rien de moral et viser simplement mon intérêt propre au détriment de celui des autres. On peut même être un salaud heureux et donc immoral. Du point de vue moral, il s'agit toujours de bien agir, la bonne action n'entraînant pas nécessairement le bonheur.

FOCUS SUR LES CONCEPTS

1 *COGITO, ERGO SUM* (DESCARTES)

> **La conscience, p. 11**

- La **métaphysique cartésienne** est indissociable d'une première distinction entre l'**âme** et le **corps**. Par âme, il faut comprendre « **pensées** », ou bien encore « **conscience** ». Pour **Descartes**, l'âme est le siège de notre pensée, à savoir ce « que nous percevons immédiatement par nous-même » (*Les principes de la philosophie*). Ainsi, imaginer, affirmer, nier, souhaiter quelque chose, ou encore **douter**, tout cela relève de notre pensée, et donc de notre conscience. C'est donc à partir du doute que l'on peut parvenir à une première **certitude fondatrice** : pour douter, il faut nécessairement un « je » qui doute. Cela implique donc la certitude d'une conscience pensante : douter, c'est penser. Dès lors, l'évidence du *cogito* (je pense) est inébranlable et ne peut être remis en question.

- Toutefois, le *cogito* ne relève pas d'une simple **certitude psychologique**, mais est bel et bien d'ordre **métaphysique**. Le **moi psychologique** (ou **empirique**) est personnel, changeant et dépend des origines, de la culture, de l'éducation de chaque individu. Au contraire, le moi métaphysique (ou **transcendantal**) transcende les origines individuelles et témoigne d'une **capacité universelle à penser**, condition nécessaire à toutes activités théorique et pratique. En ce sens, la conscience est une activité de **synthèse** permettant d'unifier, de rendre cohérent la diversité infinie du monde pour mieux le comprendre.

2 LES PETITES PERCEPTIONS (LEIBNIZ)

> **L'inconscient, p. 17**

- Si la notion d'**inconscient psychique** est propre à **Freud**, certains auteurs avaient déjà mis au jour des phénomènes qualifiés d'inconscients. Aussi **Leibniz** parle-t-il des **petites perceptions** qui nous parviennent sans cesse, si infimes et si nombreuses qu'on ne les perçoit pas distinctement, et qui, cependant, nous animent. S'accumulant, les petites perceptions de même nature peuvent cependant nous laisser une impression telle, qu'elles **s'impriment dans notre conscience**, alors même qu'elles sont **imperceptibles**. Leibniz illustre sa thèse, en nous invitant à faire l'expérience du mugissement de la mer. Lorsque nous entendons le bruit de la mer, affirme-t-il, c'est l'entrechoquement des vagues dans leur globalité qui nous parvient. Toutefois, pour que la perception de cette globalité ait lieu, nous percevons inconsciemment chaque gouttelette d'eau (à savoir les petites perceptions), qu'il nous serait, néanmoins, impossible de percevoir sans la **pluralité des vagues**, qui quant à elles, ne pourraient être audibles, sans l'**assemblage des petites perceptions** (*Nouveaux Essais sur l'entendement humain*).

3 L'ART CONSIDÉRÉ COMME UN SIMULACRE : LA *MIMÈSIS* (PLATON)

> **L'art, p. 47**

● Dans le livre X de la *République*, **Platon** met en scène une discussion entre Glaucon et Socrate, dans laquelle ce dernier pose la question suivante : « Quel but se propose la peinture relativement à chaque objet ? Est-ce de représenter ce qui est tel qu'il est, ou ce qui paraît tel qu'il paraît ; est-ce l'imitation de l'apparence ou de la réalité ? » Et Glaucon de répondre : « De l'apparence ». Aussi, « l'art d'imiter est donc bien éloigné du vrai [...] », selon Socrate. Pour Platon, la nature est la plus grande des artistes, elle est la représentation de la **perfection.** Aussi, dans de telles circonstances, comment l'artiste pourrait-il reproduire la réalité, atteindre la perfection ? Il semble que l'enjeu soit perdu par avance : un peintre peut reproduire le travail d'un menuisier, peut représenter un lit, mais jamais il ne sera en mesure de maîtriser cet art. Le résultat de son travail s'apparente à une simple **imitation** (ou ***mimèsis***) qui ne permet aucunement d'atteindre l'**essence** de l'objet représenté, ce dernier n'étant qu'un **moindre-être** (et non pas un non-être, puisqu'il existe malgré tout), le peintre s'apparente, dès lors, à un **faussaire de la réalité**.

4 L'HOMME EST LIBRE, CAR CRÉATEUR DE PRINCIPES MORAUX (KANT)

> **La liberté, p. 101**

● **Kant** explique, en effet, que c'est précisément la possibilité qu'a l'homme de poser et respecter une **loi morale** qui montre sa liberté en donnant du sens à celle-ci. Ce faisant, un homme se détache de sa nature, à savoir de ses instincts, et agit à la suite d'une décision rationnelle et libre. Un tel homme n'est pas asservi par sa propre nature mais exerce sa liberté en se fixant des **maximes** qui guident ses actes. Toutefois, l'homme est un être de raison et de sensibilité, aussi peut-il croire qu'il agit à la suite d'une décision rationnelle et lucide, alors qu'il a pu être séduit. En effet, **Kant** précise qu'il est improbable qu'un acte soit purement moral et désintéressé : il est difficile pour un homme d'agir simplement par devoir. Il n'y a jamais d'évidence, de certitude pour une volonté morale, ce qui suppose une exigence et une lucidité vis-à-vis de soi. Notre **libre arbitre** n'est pas défini ou déterminé à l'avance. C'est, en effet, dans chaque situation qu'il exprime la qualité morale de nos décisions et pourra peut-être nous faire regretter nos décisions. C'est toute la difficulté de la liberté, car d'un point de vue moral ce n'est pas seulement l'existence de notre libre arbitre qui soulève un problème mais son usage : le passage d'une intention bonne à une action louable. Il faut absolument les deux (intention bonne et passage à l'acte) pour que la liberté ne reste pas celle d'une « belle âme » (Hegel), nourrie par d'honnêtes idées ou valeurs, mais n'agissant pas pour les rendre effectives. Les principes moraux ne possèdent aucune valeur s'ils restent à l'état de principe sans être respectés par une volonté tenace et exigeante envers elle-même. C'est tout ce qui donne du sens à la liberté d'un homme, car une action morale n'est jamais suffisante, c'est toute sa vie qui doit être bonne, ce qui est loin d'être une tâche facile.

5 LE MYTHE D'ER LE PAMPHYLIEN

> **La vérité, p. 71**

● Le mythe d'Er le Pamphylien, mythe sur la **réincarnation des âmes**, vient clôturer le Livre X de la *République* : Er, soldat mort au combat, est mandaté par les dieux pour faire le récit aux mortels de la manière dont s'effectue le choix des vies suivantes dans le processus de réincarnation des âmes. Une fois le choix des vies effectué, les âmes « se mirent en route vers la plaine du Léthé, par une chaleur terrible et étouffante. [...] Et là, au bord de ce fleuve Amélès, dont aucun récipient ne peut contenir l'eau, elles établirent leur campement, car la nuit approchait. Toutes devaient boire une certaine quantité de cette eau, mais celles qui n'étaient pas protégées par l'exercice de la raison réfléchie, en buvaient plus que la mesure prescrite. Celle qui buvait, à chaque fois oubliait tout le passé. » Aussi, tout l'enjeu de ce mythe platonicien est la volonté de dépasser et de vaincre le Léthé, cette plaine de l'oubli, et de reconstituer l'***aletheia*** : la vérité, l'absence d'oubli par la **réminiscence**. Puisque l'être humain se retrouve plongé dans une reconquête de la vérité, quoi de mieux que de mener cette recherche par une **quête philosophique**.

6 « LE CŒUR A SES RAISONS QUE LA RAISON NE CONNAÎT PAS. » (PASCAL)

> **La raison, p. 77**

● **Pascal**, bien que mathématicien et physicien, et étant convaincu par les vertus de la raison, **souhaite tempérer une raison orgueilleuse, toute puissante**, supérieure à la raison du cœur. La seule raison ne saurait pleinement expliquer les vérités ineffables dont l'unique origine reste mystérieuse et que l'**intuition** peut permettre de percer à jour. En effet, dans son ouvrage les *Pensées*, Pascal estime que « nous connaissons la vérité non seulement par la raison, mais encore par le **cœur** » et que « c'est de cette dernière sorte que nous connaissons les premiers principes et c'est en vain que le raisonnement, qui n'y a point de part, essaie de les combattre ». Pour Pascal, il faut veiller à ne pas faire de la raison, à savoir l'enchaînement sec de causes et de conséquences, l'unique source de la vérité, mais accepter avec humilité l'**origine mystérieuse**, voire **divine** de cette dernière, et ainsi **conserver une part d'instinct** dans son élucidation.

● En ce sens, on peut dire que Pascal nous pousse à écarter **deux approches** en apparence contraires : d'abord la paresse intellectuelle que représente à ses yeux tout **scepticisme** aboutissant logiquement au doute, c'est-à-dire à l'acceptation de l'ignorance ; mais aussi l'**orgueil stoïcien** d'une raison « **superbe** » ne s'apercevant pas des limites humaines. Cette approche a le mérite de distinguer l'**apologie de la raison et son éloge**, permettant de garder la **distance critique**, historique, suffisante pour ne pas être pas aveuglés par les productions intellectuelles ou scientifiques de notre époque.

7 LA VIE COMME CRÉATION JOYEUSE (BERGSON)

> **Le bonheur, p. 107**

● Si **Bergson** souligne souvent, comme nous le verrons, la **vacuité des plaisirs**, il évoque assez peu le bonheur, comme s'il était inaccessible à l'homme, alors que, sous l'influence de Spinoza, il parle à plusieurs reprises de la **joie**. Il s'agit probablement d'une notion davantage à la portée des hommes, à la seule condition que nous attachions à être nous-même et créateurs de notre propre vie. Ainsi, la **création** au sens large (non circonscrite à la création artistique) engendre la joie, parce qu'elle ne se fixe aucune limite objective et utilitaire. Elle est cause et conséquence d'elle-même et n'a donc aucun besoin d'être justifiée par une forme quelconque de profit immédiat. La création est alors associée à la vie, au fait **d'être et de donner du sens au monde** et à ce qu'on y fait. La joie est sans limite : la vie comme création incessante de soi repousse par nature tout ce qui l'enferme et l'oblige à se contenir en elle-même. Si la naissance est déjà une création et non une duplication, continuer à inventer, à imaginer sa vie, c'est poursuivre ce que Bergson appelle un « **élan vital** ». On peut alors affirmer que la joie est en elle-même **créatrice**, elle est une ouverture à l'autre, au monde, une capacité infinie à le comprendre, à le transformer et à partager cette activité de compréhension et de transformation.

C'est donc lorsqu'un homme est lui-même, à savoir lorsqu'il met en **œuvre son humanité** que sa vie peut devenir joyeuse. Il n'a alors nul besoin de trouver des **substituts** à la joie que sont les éloges, les honneurs ou encore l'argent, car ces derniers ne peuvent que lui cacher ou lui enlever la valeur de ce qu'il fait. Aussi, le grand artiste n'a pas besoin d'éloges (même si le jugement critique peut lui importer). Le **désir de créer** fait tout son bonheur et chacune de ses œuvres constitue une sorte de renouvellement de lui-même et de son regard sur le monde. Il «se sent au-dessus de la gloire, parce qu'il est créateur, parce qu'il le sait» (Bergson, *L'Énergie spirituelle*). On comprend dès lors pourquoi le fait de n'avoir jamais vendu une seule œuvre n'a pas empêché Van Gogh de continuer à peindre jusqu'à la fin de sa vie. C'était sa vie qu'il créait et recréait dans ses œuvres.

8 LE *DASEIN* (HEIDEGGER)

> Le temps, p. 23

Selon Heidegger, l'homme est un «**étant**» possédant une relation privilégiée avec «l'**être**». Par étant, nous entendons tout ce qui peut exister, à savoir l'espace, la vie, le langage ou encore l'homme lui-même par exemple, et c'est par ce biais que le philosophe souhaite percer les mystères de l'être. L'homme est décrit comme étant un ***Dasein***, c'est-à-dire un «être-là», un «être présent», capable d'apporter une réflexion sur la problématique de l'être, et même d'en avoir une compréhension intuitive: chaque être humain sait ce que signifie le verbe être et sait l'utiliser. Toutefois, à la question «qui suis-je ?», saurais-je répondre parfaitement, sans me heurter à la difficulté de me définir clairement en tant qu'être. Là se trouve tout le paradoxe de ce dernier. Par ailleurs, le rapport le plus fondamental à l'être est l'**existence**, et c'est ce lien qui caractérise le plus le *Dasein*. Ainsi, il a la particularité d'ouvrir sur l'imprévisible et d'être, pour cette raison, fondamentalement «temps» : l'homme ne vit pas dans une réalité uniforme comme un animal emprisonné dans sa nature. Il existe au sens étymologique d'*ex-sistere*, c'est-à-dire se tenir hors de soi. Pour autant, il est vrai que certains hommes «ex-sistent» plus que d'autres, vivent plus pleinement et se projettent plus activement vers un possible à venir.

9 LA DIALECTIQUE DU MAÎTRE ET DE L'ESCLAVE (HEGEL)

> Le travail, p. 35

• Si le travail est pensé comme une condamnation, il apparaît aussi comme un **moyen de libération** de l'homme. Il lui permet, en effet, de produire quelque chose de nouveau : pour Ève, il s'agit d'un enfant et pour Adam, d'œuvres. En effet, derrière la fatalité du travail se cache la possibilité pour l'homme de faire l'histoire et de se réaliser. **Hegel,** à partir de ce que la tradition philosophique a nommé la **dialectique du maître et de l'esclave** illustre en quoi la création d'œuvres libère progressivement les hommes. Si la genèse des rapports humains est celle des rapports de force, la mort apparaît comme le maître suprême. C'est en effet elle qui crée la distinction entre ceux qui la craignent, qui refusent de risquer leur vie dans une lutte à mort, préférant la soumission à la force naturelle, et ceux qui, au contraire, sont prêts à perdre leur vie et devenir alors les maîtres des premiers. Mais le travail auquel va être logiquement soumis un esclave va progressivement renverser les premiers rapports. En effet, si le maître n'a plus à se soucier des contingences liées à la réalité, l'esclave, quant à lui, est obligé d'affronter pleinement son existence et d'élaborer des stratégies pour satisfaire au mieux les attentes de son maître. À cause de cela, il se doit d'être patient, intelligent, pugnace et dévoué à sa tâche. Ce faisant, il se forme, se transforme lui-même alors que son maître ne fait rien, stagne et surtout, ayant perdu le contact avec le réel, subit passivement l'activité de ce dernier. Ainsi, le devenir historique a pour agent véritable l'esclave travailleur et non le maître guerrier. Grâce à son travail, un homme se libère de sa servitude.

GLOSSAIRE DES REPÈRES

Les repères fonctionnent par groupe de mots associés.

A

Absolu/ Relatif : ▪ **Absolu** : sans lien, ce qui existe indépendamment de toute condition, en dehors de toute relation, qui ne dépend de rien. ▪ **Relatif** : ce qui implique une relation, un rapport (ce qui est relatif à, ce qui a rapport à), ce qui dépend d'autre chose.

Abstrait/ Concret : ▪ **Abstrait** : qualifie ce qui est « tiré » ou « extrait » d'un être ou d'un objet (une propriété, une qualité) par une opération intellectuelle qui permet de l'isoler, de la séparer et de la considérer à part. ▪ **Concret** : qui désigne un être ou un objet réel.

En acte/En puissance : ▪ **En acte** : qui existe effectivement, qui est accompli ou déjà réalisé. ▪ **En puissance** : virtuellement, potentiellement, qui existe à l'état de simple possibilité ou de virtualité.

Analyse/ Synthèse : ▪ **Analyse** : opération intellectuelle par laquelle on décompose un objet en ses éléments constitutifs pour parvenir à sa connaissance. Décomposition d'un tout en ses parties. L'analyse va du complexe au simple. ▪ **Synthèse** : opération intellectuelle par laquelle on réunit en un tout cohérent, structuré et homogène divers éléments. Recomposition ou composition d'un tout à partir de ses parties. La synthèse va donc du simple au complexe.

C

Concept/Image/Métaphore : ▪ **Concept** : idée, abstraction ayant une portée générale, permettant d'approfondir des notions, de les différencier et de les articuler entre elles. ▪ **Image** : (figure de style) elle sert de support pour exprimer une idée neuve, expliciter une idée, que seuls les mots ne peuvent traduire, elle permet donc une meilleure compréhension de l'idée imagée. ▪ **Métaphore** : figure rhétorique qui consiste à désigner une réalité par un terme pouvant correspondre à un autre, en raison d'une analogie entre les deux notions qui autorise une substitution.

Contingent/ Nécessaire : ▪ **Contingent** : ce qui peut être ou ne pas être, ce qui peut arriver ou ne pas arriver (ce dont le contraire n'implique aucune impossibilité ou contradiction). ▪ **Nécessaire** : en philosophie, c'est ce qui ne peut être autrement que tel que cela est (ce dont le contraire est impossible ou implique une contradiction) ; ce qui est inéluctable, qui ne peut pas ne pas se produire (comme le résultat ou l'effet dans un processus physique déterminé).

Croire/Savoir : ▪ **Croire** : estimer véritable ou tenir quelque chose pour vraie en l'absence de garanties parfaitement certaines et objectives (c'est le contraire de «savoir»). Les «croyances» sont l'ensemble des jugements pas, peu ou insuffisamment fondés rationnellement. ▪ **Savoir**: tenir quelque chose pour vraie avec pour garantie objective la connaissance de la chose (en opposition à «croire). Le savoir suppose des jugements suffisamment fondés rationnellement.

E

Essentiel/Accidentel: ▪ **Essentiel**: ce qui appartient ou est relatif à l'essence, à la nature intime d'une chose ou d'un être, l'essence étant ce qui définit la nature ou l'être d'une chose. ▪ **Accidentel**: ce qui peut appartenir ou ne pas appartenir à une chose ou un être, lui arriver ou ne pas lui arriver. Les modifications superficielles ou les qualités contingentes d'un être sont dites «accidentelles» ou forment ce que l'on appelle en philosophie ses «accidents» (rien à voir avec le sens courant).

Exemple/Preuve: ▪ **Exemple**: personnes ou actes considérés comme un modèle pouvant servir de référence à une conduite ; cas antérieur semblable ou comparable à ce dont il s'agit ; citations ou exemples philosophiques pouvant illustrer une thèse ou un concept. ▪ **Preuve**: ce qui sert à attester qu'un phénomène est vrai (en science notamment), ce qui sert d'exemples probants.

Expliquer/Comprendre: ▪ **Expliquer**: rendre intelligible par la connaissance des causes, selon un raisonnement causal. ▪ **Comprendre**: rendre intelligible par la saisie du sens, de la signification.

F

En fait/En droit: ▪ **En fait**: ce qui est effectif, conforme aux faits observés. ▪ **En droit**: ce qui est légitime ou conforme à la loi, peut être remplacé par légitimement, légalement.

Formel/Matériel: ▪ **Formel**: qui est relatif à la forme. ▪ **Matériel**: qui est relatif au contenu, à l'objet (à «la matière»).

Formel/Matériel (en logique): le «formel» se dit de la forme logique du raisonnement ; si le raisonnement est correct sur le plan logique, on dit qu'il est «valide» (on parle de «vérité formelle», ou mieux, de validité). La «vérité matérielle» (ou vérité tout court) concerne le «contenu» d'un raisonnement, exemple: l'éléphant est plus grand que l'âne, et ce dernier plus grand que l'hirondelle, donc l'éléphant est plus grand que l'hirondelle.

G

Genre/Espèce/Individu: ▪ **Genre**: division fondée sur un ou plusieurs caractères communs rassemblant un ensemble d'êtres vivants. Concept de classification situé entre la famille et l'espèce, et groupant des espèces très voisines. ▪ **Espèce** : division fondée sur un ou plusieurs caractères communs rassemblant un ensemble d'êtres vivants et permettant de les distinguer à l'intérieur d'un même genre. Les individus d'une même espèce sont féconds entre eux, mais ordinairement stériles avec tout individu d'une autre espèce. ▪ **Individu** : chaque spécimen vivant d'une espèce animale ou végétale. Le genre animal comprend plusieurs espèces dont l'espèce humaine.

H

Hypothèse/Conséquence/Conclusion : ▪ **Hypothèse** : c'est une possibilité d'explication d'un phénomène scientifique par exemple, on la formule pour la vérifier grâce à l'expérimentation ; dans un sens plus large, l'hypothèse est une supposition, une tentative d'explication. ▪ **Conséquence** : ce qui découle d'un phénomène ou d'une proposition. ▪ **Conclusion** : conséquence suite à un raisonnement.

I

Idéal/Réel : ▪ **Idéal** : modèle de perfection dans un domaine (intellectuel, moral, esthétique) qui sert d'étalon ou de norme pour juger le réel. Au sens courant, l'idéal signifie « ce qu'il y a de mieux » (un appartement idéal) et un but élevé (avoir un idéal politique). Ce dernier sens est très proche du sens philosophique : l'idéal comme «modèle» de perfection permettant d'orienter l'action. ▪ **Réel** : ce qui existe effectivement (et pas seulement à l'état d'idée ou d'idéal). Pour autant, on peut défendre, avec Platon, la thèse d'un réalisme des idées. Les idées (morales, mathématiques, etc.) existeraient alors réellement indépendamment des sujets qui les (re)découvrent.

Identité/Égalité/Différence : ▪ **Identité** : ce qui fait qu'une chose est exactement de même nature qu'une autre (en ce sens, équivaut à l'égalité mathématique) ; ensemble de caractères permanents ou fondamentaux spécifiques à un individu ou un groupe d'individus, permettant de les identifier, de les caractériser. ▪ **Égalité** : rapport entre les choses (ou quantités) qui sont égales ; principe moral, juridique et politique selon lequel tous les hommes, malgré leurs différences si nombreuses, doivent être considérés comme égaux en dignité (égale dignité ou égalité morale) et égaux en droits (égalité civile, politique et sociale). ▪ **Différence** : Ce qui distingue une chose, une personne d'une autre; ce par quoi des êtres ou des choses ne sont pas semblables. Les hommes sont inégaux de fait, il existe des différences physiques (de taille, de force, etc.) des différences de talents, de capacités, des différences de cultures, etc.

Impossible/Possible : ▪ **Impossible** : caractère de ce qui contredit l'ordre logique ou physique. ▪ **Possible** : ce qui peut correspondre à la réalité.

Intuitif/Discursif : ▪ **Intuitif** : qui procède de « l'intuition», c'est-à-dire d'une connaissance directe et immédiate, sans l'aide du raisonnement. On appelle intuition «sensible» la saisie directe du réel ou d'une vérité par « les sens» (permet d'accéder aux « évidences » dites sensibles). L'intuition « rationnelle » ou « intellectuelle » est la saisie immédiate du réel ou d'une vérité par l'intellect ou la raison. ▪ **Discursif** : qui repose sur le raisonnement, qui exige la médiation d'un raisonnement pour être établi ou connu.

L

Légal/Légitime : ▪ **Légal** : ce qui est conforme aux règles juridiques existantes, conforme à la loi ou à la « justice » au sens du droit existant. La légalité d'une action est sa conformité à la règle juridique. ▪ **Légitime** : philosophiquement, c'est ce qui est conforme aux exigences de l'idée de justice, d'équité, de la morale et aussi de la raison.

M

Médiat/Immédiat : ▪ **Médiat** : qui est un intermédiaire ou qui suppose un intermédiaire (le discursif est médiat). ▪ **Immédiat** : sans intermédiaire, directement (l'intuitif est immédiat).

O

Objectif/Subjectif/Intersubjectif : ▪ **Objectif** : qui ne fait pas intervenir d'éléments affectifs ou personnels dans ses jugements, dont les jugements sont fondés « objectivement » : la science (comme ensemble de jugements sur le réel) est dite « objective » en ce sens par opposition aux opinions. ▪ **Subjectif** : se dit de ce qui est individuel, susceptible de varier en fonction de la personnalité de chacun (ne pouvant valoir pour tous). On dit qu'un jugement (ou un propos) est subjectif s'il est influencé par la personnalité du sujet et non de l'objet. ▪ **Intersubjectif** : ce qui est relatif à autrui, l'intersubjectivité suppose que les individus sont capable de prendre en considération la pensée d'autrui pour l'intégrer dans leur propre jugement.

Obligation/Contrainte : ▪ **Obligation** : « lien » moral ou juridique par lequel une personne est tenue/se sent tenue de faire ou de ne pas faire quelque chose ; ce lien prend la forme d'un « devoir » (synonyme d'obligation). ▪ **Contrainte** : violence ou pression, morale ou physique, exercée sur quelqu'un pour le forcer à agir (ou l'en empêcher).
L'obligation s'oppose à la contrainte en ne supprimant pas la liberté car elle vient de soi (on se sent obligé) : on obéit librement à l'obligation (puisqu'on pourrait décider de ne pas obéir), mais on cède à la

contrainte, «contraint et forcé» (là, on n'a pas le choix). (Problème: les obligations ne sont-elles pas des contraintes intériorisées ?)

Origine/Fondement: ▪ **Origine**: ce qui est à la source, la provenance d'un phénomène, d'une idée, d'une personne, d'un groupe (l'origine de la vie, d'une guerre ou d'un préjugé). ▪ **Fondement**: en philosophie, la recherche du fondement est la recherche du ou des principes (les «raisons» ultimes) sur lesquels on peut faire reposer une thèse, une théorie.

P

Persuader/Convaincre: ▪ **Persuader**: amener (qqn) à croire, à faire, à vouloir quelque chose non par la raison (ou de bonnes «raisons») mais par divers procédés de «persuasion» (sophismes, belles paroles ou éloquence, séduction, etc.). ▪ **Convaincre**: amener (qqn) par de bonnes raisons (par raisonnement, preuves, argumentation rationnelle) à reconnaître la vérité, l'exactitude d'un fait ou sa nécessité.

Principe/Cause/Fin: ▪ **Principe**: ce qui est premier et fondement du reste ; proposition qui sert de fondement ou de point de départ à un raisonnement (je pars du principe que). ▪ **Cause**: ce par quoi une chose existe ou ce qui produit quelque chose (causes antécédentes ou matérielles) ; ce pourquoi on fait quelque chose, la raison, le motif. ▪ **Fin**: but, objectif vers lequel on tend, ce pourquoi on fait quelque chose, la raison, le motif «cause finale»).

Public/Privé: ▪ **Public**: ce qui concerne le peuple, ce qui est relatif à la nation, à l'État. ▪ **Privé**: propre à chaque individu, le public n'y trouve pas sa place, n'y est pas admis.

R

Ressemblance/Analogie: ▪ **Ressemblance**: rapport entre deux ou plusieurs objets ayant certains éléments communs. ▪ **Analogie**: rapport de ressemblance établi par l'intelligence ou l'imagination entre deux ou plusieurs objets différents et connus comme différents. L'analogie s'appuie sur un procédé rationnel établissant une identité de «rapport» entre des termes différents.

T

Théorie/Pratique: ▪ **Théorie**: correspond à un ensemble de propositions cohérentes liées à un domaine déterminé de phénomènes. Elle vise à comprendre, expliquer, interpréter ou prédire des phénomènes. ▪ **Pratique**: activités visant à des résultats concrets, mise en application de manière concrète d'une théorie.

Transcendant/Immanent: ▪ **Transcendant**: ce qui dépasse un certain ordre de réalités, qui est au-delà du domaine où on se place et d'une autre nature, ce qui est radicalement extérieur (on parle en ce sens de la transcendance de Dieu pour affirmer qu'il n'appartient pas au monde, qu'il est d'une tout autre nature ; pour Kant, c'est qui est au-delà de toute expérience possible, et qui échappe donc à toute vérification empirique. ▪ **Immanent** : ce qui est contenu dans un être, inhérent à sa nature, qui résulte de la nature même de cet être.

U

Universel/Particulier/Général/Singulier : ▪ **Universel** : ce qui vaut pour tous en tout lieu et en tout temps. ▪ **Particulier** : propre à une personne ou une chose, à un seul groupe (un usage particulier d'un peuple ou d'un homme). ▪ **Général** : ce qui s'applique à un ensemble de personnes, de choses (idées générales) ou qui concerne l'ensemble d'un groupe (intérêt général ; grève générale). ▪ **Singulier** : ce qui ne vaut que pour un individu et un seul («single»), ne s'applique qu'à une seule chose, une seule personne.

V

Vrai/Probable/Certain : ▪ **Vrai** : ce qui est en conformité avec le réel. ▪ **Probable** : ce qui a l'apparence de la réalité, ce qui est donc raisonnable de supposer. ▪ **Certain** : qui possède une réalité effective, qui est assuré de se produire.

CHRONOLOGIE DES AUTEURS

	Principaux philosophes	Contexte culturel	Événements politiques
GRÈCE ANTIQUE	**Socrate** (470-399), philosophe grec. **Platon** (428-348), philosophe grec. **Aristote** (384-322), philosophe et physicien grec, précepteur d'Alexandre. **Épicure** (341-270), philosophe grec.	**Pythagore** (570-500), mathématicien, géomètre. **Hippocrate** (vers 460), médecin. En 387 à Athènes, Platon fonde l'Académie (école philosophique). **Euclide** (330-270), géomètre, les *Éléments*.	Au Vᵉ siècle, à Athènes, règne la démocratie. En 399, sous la tyrannie des trente, Socrate est condamné à boire la ciguë. En 323, mort d'Alexandre. Début de la décadence de la Grèce.
EMPIRE ROMAIN	**Lucrèce** (98-55), philosophe latin épicurien. **Cicéron** (106-43), orateur et philosophe latin. **Sénèque** (4 av. J.-C.-65 apr. J.-C.), philosophe stoïcien. **Épictète** (50-130), philosophe grec stoïcien. **Marc Aurèle** (121-180), empereur, philosophe stoïcien.	**Tite-Live** (59 av. J.-C.-17 apr. J.-C.), historien. **Tacite** (55-120), historien.	27 av. J.-C. : avènement de l'empereur Auguste. 14-69 apr. J.-C. : Tibère, Caligula, Claude, Néron. 96-192 : les Antonins, Trajan, Hadrien. 395 : partage de l'Empire.
MOYEN ÂGE	**Saint Thomas d'Aquin** (1225-1275), théologien et philosophe italien. **Guillaume d'Ockham** (?-1349 ?), philosophe anglais.	1253 : à Paris, fondation de la Sorbonne. Fabrication du papier en Europe. Construction des cathédrales.	En 1200, l'université, en France, s'affranchit de la tutelle de l'Église. En 1228, le pape Grégoire IX interdit l'enseignement d'Aristote.
XVᵉ – XVIᵉ SIÈCLE	**Machiavel** (1429-1527), philosophe et penseur politique italien. **Montaigne** (1533-1592), philosophe français. **Bacon** (1561-1626), philosophe anglais.	1440, invention de l'imprimerie. 1450-1455, **Gutenberg** imprime la Bible. 1492, **Christophe Colomb** découvre l'Amérique.	1337-1453 : guerre de Cent Ans. 1429 : Jeanne d'Arc fait sacrer le roi Charles VII à Reims. 1431 : condamnation de Jeanne d'Arc.

	Principaux philosophes	Contexte culturel	Événements politiques
XVIe-XVIIe SIÈCLE	**Hobbes** (1588-1679), philosophe anglais. **Descartes** (1596-1650), philosophe français. **Pascal** (1623-1662), écrivain et philosophe français. **Locke** (1632-1662), philosophe anglais. **Spinoza** (1637-1677), philosophe hollandais.	**Copernic** (1473-1542), astronome polonais, fait l'hypothèse du mouvement de la Terre et des autres planètes autour du Soleil. **Galilée** (1564-1642), astronome et physicien italien, prouve l'héliocentrisme de Copernic.	Début du XVIe siècle : la Réforme. 1520 : rupture de Luther avec l'Église. 1536 : Calvin s'installe à Genève. 1542-1563 : la Contre-Réforme. 1542 : réorganisation de l'Inquisition.
XVIIe-XVIIIe SIÈCLE	**Malebranche** (1638-1715), philosophe français. **Leibniz** (1646-1716), philosophe allemand. **Berkeley** (1685-1753), évêque et philosophe irlandais. **Hume** (1711-1776), philosophe écossais. **Rousseau** (1712-1778), écrivain et philosophe français. **Diderot** (1713-1784), écrivain et philosophe français. **Montesquieu** (1689-1755), philosophe français.	**Newton** (1642-1727), physicien anglais. 1751-1768 : *Encyclopédie*. **Smith** (1723-1790), économiste anglais.	1752 : première condamnation de l'*Encyclopédie*. 1759 : seconde condamnation de l'*Encyclopédie*.
XVIIIe-XIXe SIÈCLE	**Kant** (1724-1804), philosophe allemand. **Hegel** (1770-1831), philosophe allemand. **Schopenhauer** (1780-1860), philosophe allemand. **Comte** (1798-1857), philosophe français. **Kierkegaard** (1813-1855), philosophe et théologien danois.	**Malthus** (1766-1834), économiste anglais. **Saint-Simon** (1760-1825), économiste français, socialiste utopiste. **Fourier** (1772-1837), socialiste utopiste français. **Darwin** (1809-1882), biologiste anglais, théoricien de l'évolution.	1789 : ouverture des états généraux (5 mai). Le tiers état se proclame Assemblée nationale (17 juin). Prise de la Bastille (14 juillet).

	Principaux philosophes	Contexte culturel	Événements politiques
XVIIIe-XIXe S.	**Marx** (1818-1883), philosophe allemand. **Tocqueville** (1805-1859), théoricien français. **Durkheim** (1858-1917), sociologue français.	**Claude Bernard** (1813-1878), physiologiste français, initiateur d'une réflexion sur la méthode expérimentale.	
XIXe-XXe SIÈCLE	**Nietzsche** (1844-1900), philosophe allemand. **Husserl** (1859-1938), philosophe allemand. **Bergson** (1859-1942), philosophe français. **Russell** (1872-1970), mathématicien et philosophe anglais. **Bachelard** (1884-1962), philosophe français. **Sartre** (1905-1980), écrivain et philosophe français. **Arendt** (1906-1975), philosophe et spécialiste de théorie politique. **Alain** (1868-1951), philosophe français. **Heidegger** (1889-1976), philosophe allemand. **Popper** (1902-1994), philosophe autrichien. **Merleau-Ponty** (1908-1961), philosophe français. **Levinas** (1905-1995), philosophe né en Lituanie. **Foucault** (1926-1984), philosophe français.	**Freud** (1856-1939), neurologue autrichien, fondateur de la psychanalyse. **Einstein** (1879-1955), physicien allemand naturalisé américain, théoricien de la relativité. **Saussure** (1857-1913), linguiste suisse. **Jakobson** (1896-1982), linguiste russe. **Lacan** (1901-1981), psychiatre et psychanalyste français. **Lévi-Strauss** (1908-2009), anthropologue et ethnologue français.	Révolution de 1848. 24 février 1848 : Louis-Philippe abdique. 18 mars-28 mai 1871 : commune de Paris. 1914-1918 : Première Guerre mondiale. 1917 : Révolution russe. 1939 : Deuxième Guerre mondiale.

N° projet : 10288934
Dépôt légal : février 2023
Imprimé en France en février 2023 par Clerc

Bordas est un éditeur qui s'engage pour la préservation de l'environnement et utilise du papier issu de forêts gérées de manière responsable et d'autres sources contrôlées.